ONCE IN A BLUE MOON

藍　月　王　子

愛 情 哲 理 學 初 探
Philosophy in Love

PENN IP

葉　子　亭

推薦序

葉子亭是我最感驕傲的學生。她在香港浸會大學人文學課程就讀本科的幾年人生，已盡顯了藍月王子的本色：敢愛敢恨，酷（兒）愛獨立特行。

別說定義，描述藍月王子已有根本上的困難。他／她的存在不能被界定，如果嘗試去描述，就是個徹頭徹尾的愛情主義者。藍月王子不是那種排斥性地戀愛的忠粉；雖說世界上沒有無緣無故的愛或恨，他愛上一個人的時候總是那麼深情款款。記得他跟愛人十指緊扣，在校園裡遊行宣愛，叫人側目。未幾，身邊的人已換上了另一位，但藍月王子式的戀愛總能小心地顧及他人的感受，寧願低調地經營另一段艱難的愛戀，總之舊愛也是愛，愛過便是永恆，愛情萬歲。

藍月王子對愛是如此投誠，卻帶著藍色血統，其表現的方式誠惶誠恐，亦步亦趨。他對心有所屬者觀察入微，把一切美感的觸動存放在溫柔的（耐）心，警覺著可能牽涉的情敵。他只抱有真心和坦誠兩種不具殺傷力的武器，毫無保護自己的能力，脆弱而堅定。他就是如此上路，胸襟戴著他的修養，鍊成了玫瑰。

他持守著愛的信念，直到如今。
我慶幸自己有如此別具素質的學生與摯友，青出於藍。

文潔華

目錄

Chapter 1

1.1

我，藍月王子，第 30702891 號。對不起，在藍月星球我沒有名字，只有號碼，我們相信名字的重複性會帶來不必要的誤會，而每個生命都是全宇宙獨立的個體，理應有他們獨特之處，重複的話，便失去他們那一獨特性。尊貴的生命要負更大的責任。我在藍月星球受教育，學習地球的一切，長大後，便和其他王子一樣前往地球，尋找合適的對象，把她帶回藍月星球繁衍後代。每個王子都只有一個緣分注定的地球女孩，所以她，只有一個，能夠和她相遇的緣分，可能在一生中只出現一次瞬間即逝的機緣，所以任務艱鉅，不容錯失。

有些王子會成功，有些則會失敗，失敗的王子甚至會死亡。每個被帶回藍月星球的她都各有不同，唯一的共同點是她們都是眞心眞意地愛著藍月王子，直至生命燃燒殆盡，那份愛仍不熄不滅，一顆眞摯的心和王子永遠合二爲一，化成新的生命——新的藍月王子。你也許會問，藍月星人不能自我繁殖嗎？對不起，不能。藍月星球只有王子，沒有她呀，藍月星人都獨立的發展成這樣的單一生命體，結果卻要依賴遙遠的地球人來保護藍月民族，因而多了些故事，也多了些傷感，然而全靠這些地球上的她們，藍月星球的王子才不會滅族。

至於我，跌跌碰碰的在地球活了差不多三十二個寒暑。用地球的時間計算，我就在三十二年前的一個深夜靜靜降臨。和其他藍月王子來地球的方法一樣，你知道嗎？我穿越了許多個星球，再跨越一條銀河，才來到地球。當我以你無法想像的高速接近大氣層的時候，我會被那可怕的熱力融化成一團潔白的能量，然後一半的我會以極速射進一個地球男人的身體，另一半會射入一個女人身體。我的能量會令兩個地球人在茫茫人海找回對方，他們會互相吸引繼而生育，那時候兩股分開的能量會進入那粒受精卵，從而改變他的基因，我就是這樣，從那個女人體內孕育成地球嬰孩，以便來這裡尋找屬於我的她。

甚麼？我說得太繁複了嗎？就讓我簡單地解釋，你可以幻想藍月王子其實是愛神維納斯之子丘比特弓上的箭，射中一男一女的身體後，他們會愛上對方，然後無法抗拒的熱情會使他們製造出新的生命，我就借用那個新軀殼來地球尋找屬於我的那個她。你看，躺在那一片綠油油草地上的那個男性身軀，穿得一身白色端莊禮服一動不動的那個男人呀，就是我三十二年前借來的地球人肉身。

在這靜謐的夜，我正努力把自己逼出那副軀殼，在草地上包圍著那軀殼閃閃發亮的白色光粒是我，它們一粒一粒地從那軀殼裡逃出來，再形成一團沒固定型態的光團。我利用那軀殼在地球所經歷的許多記憶，從那軟軟的腦袋內逐一衝破堅硬的頭骨，在空氣中一點一滴地蒸發，消散。段段往事，懸浮於空中，這刻我竟強行試圖把那些最珍貴的回憶黏進我的能量粒子，奢望把它們帶回藍月星球，這種併合卻產生出我沒法預料的事！草地上發出一聲巨響，過去的許多記憶在空中爆炸，曾經發生過的許多事，接觸過的許多人，我愛過的，失去了的，那些回憶通通若隱若現地浮在空中，幻化成一幅又一幅的記憶殘像，包圍著我的軀體。

你看到嗎？我在夜空中望見那年的我。

十五歲的小男孩，遇見比我年長八歲的她。

那時，我甚麼都不懂，卻對她有種刻骨銘心的感覺，大概是一種愛念，卻談不上是我的初戀。怎麼說好？那年的我還是一個沒頭沒腦的傻小子，而她的成熟韻味偏偏叫我違反常規地陷入一場艱澀而沒法開花結果的迷戀。

畫面投射出來的影像是剛完成考試的我。有的同學在計劃將來，當企業家、當醫生、飛機師，甚至政客；有的同學卻不用為未來設想，因為他們毫無選擇地繼承家業。我當時不敢告訴他們，我想成為一位作家，把我在地球的所見所聞記錄下來。因為對他們來說，作家似乎不是一份職業。

「我想當一位律師。」每次他們問起，我都會告訴他們這個答案。

你可別當這答案是謊話，藍月王子是不可以說謊的，因為這會導致這個地球人的軀殼產生無法估計的副作用。所以說，律師是作家其實是真話，他們為了顧客去搜集資料，編撰故事，把故事說得相當動聽，以贏取信任，贏取勝利。他們就是最好的作家。當我說出這個答案，他們便認爲我是同類，有著類似的夢想，便不會把我排擠出來，困在男校的他們經常沒事幹，被排擠的同學便會成爲備受欺凌的對象，在地球的生活著實有點複雜。

有段日子，我瞞著他們，放學時一個人走到咖啡店，把一本白色的筆記簿放在桌上，靜靜的書寫一個下午。那日，她優雅地踱進咖啡店，坐在椅子上的她就像在駕馭一件微不足道的物件。對她來說，我也是微不足道的罷，看她拿著一杯熱咖啡，蠻瀟灑自若地走到我面前就知道，然後，沒有問過我半句，便坐在我身旁的椅子上。

「我寂寞了，說故事給我聽吧！」她咬緊嘴唇冷漠地掉下一句命令式的話。

1.2

我訝異得擱下筆，瞧她一望，她的眼睛通紅了，塗在眼蓋上的睫毛膏隨著她的淚水流到下顎，再悠悠的掉到桌上。她不是一個絕頂美人，但見她纖長捲曲的眼睫毛下，藏著似水惹憐的雙眼，我就被她深深吸引了。她皮膚黝黑，卻並不是從太陽底下吸收而來的健康膚色，最引我偷望的還是她的小酒窩，那時她緊咬著厚厚的嘴唇，酒窩更明顯。我定過神，試著學習她把一切事物都看得無關痛癢的態度，說著一個又一個的故事，直至把筆記簿上的故事一一說完。

「回我家吧，我也有故事想和你分享。」她的淚已乾，便盯著我的雙眼說。

我故作鎮定地點點頭。

那一刻，只在家裡接觸過女性的我還幼稚得以為帶我回家的她，將會是我帶回藍月星球的地球人。

她的家很小，就在我學校的附近。走過一段很舊的樓梯，轉一個彎就到了那棟舊式唐樓，看！就是那幅記憶殘像，大廈的外牆灰灰黑黑，爬了七層樓梯便到了她的家門，那道鐵門也是黑漆漆的。印象中，除了那些貼在牆壁上來自各地，色彩斑斕的名信片外，她的家都是灰灰黑黑的，就連對她的記憶都是灰黑一片。似乎經歷了這麼多年，我已經把她擱在腦中最邊陲的位置，想不到這夜卻會這樣望到有關她的回憶。你知道嗎？我最記得她的那個。我說的那個就是她的職業，那是男校同學們經常提及，屬於少女夢想的，又屬於男性幻想的那種。

「這些名信片是我飛到其他地方時買的，漂亮嗎？有巴黎高高的鐵塔，有中國的萬里長城，有倫敦的紅色雙層巴士。看這張，是達利的畫，The Persistence of Time。我很喜歡這張，在巴塞隆納街頭買的，巴塞隆納很熱，不知是否這樣，那兒的人也異常熱情。」她淡然地說。

對現在的我而言，那些地方只是這星球上的一點，宇宙之大，她懂嗎？那時的我也不太懂，曾經她就是我的宇宙，不放眼遠望，有些事情真的看不懂，摸不透。

「你經常要公幹嗎？」沒頭沒腦的我好奇地問。

「哈，傻瓜，我是空中小姐，飛來飛去是我的職業。唔，其實應該是我的副業。」她走進廚房弄了兩杯熱咖啡，把一杯遞給我。

「你不是全職的空中小姐嗎？嘩，很苦。」我喝了一口咖啡，差點把它吐出來，第一次喝咖啡，感覺是，不明白好端端的，爲甚麼要選擇苦的東西來喝？

「沒喝過咖啡嗎？來，我幫你加點糖。」她拿了我的杯走進廚房，又把它遞給我。

「我想，我應該是一位全職情人，若果用工作的勞力去衡量收入的話。」她淡然地說。

「情人也算是職業嗎？」我微微的側了頭問。

「他養我就是了，這間屋是他買給我的，我的跑車也是他買的，我每個月都會收到他給我的錢，足夠你讀大學。」她點了一支香菸，呼出一口淺灰色的煙縷，菸味忽爾撲鼻，我失控地嗚咽了一下。

「他對你眞好，我爸爸也沒有這樣對媽。」我說。

「他好嗎？他也有自己的家，有自己的小孩子，我只是一杯他悶的時候想喝的酒，他有空才會找我，到處飛可以讓他有更多空間，他就是那麼樣喜歡我的職業，同時又那麼樣地愛我的制服。」這次她把煙吹向天花板，菸味沒有那麼噁心了。

那時有關他和她的故事我都會記在筆記簿上，可惜字裡行間我找不到半點邏輯，他們的關係算不上複雜，從她的話語，我感受到她的無奈和愛他的情愫。

「你很愛他嗎？」有次我在咖啡店問她，我還是喝著我的熱巧克力。

「愛，當然愛，沒有他，我活不了。」她說。

「那你愛得很深呢！」我的心忽然有點痛，我有點妒嫉那個我不知道樣貌的地球人。

「沒有他，我真的生活不來。我沒有家人，全世界就只有我一個，無依無靠，但我要生活，當空姐的收入根本應付不了日常的開支，而且我有太多東西想買，也想擁有它們，我一個小女人，怎麼可能賺到那麼多錢買？」她施施然地吐出每個字，然後又沾了一點咖啡，那杯熱咖啡黑漆漆，和她的眼珠起著一種共鳴。

「我不太明白。」我輕輕搖頭。

一個人無依無靠的話，在地球會活不來嗎？活不來就要依靠男人嗎？那日，我不敢問。

「看你這個樣貌，想不到真的那般傻氣。你不用明白，記好這個。長大後，賺多點錢，好多女人便會主動愛你，知道嗎？」她說的時候用一隻手玩弄我的臉，我的臉不自覺地通紅，人類的軀殼遇到那種觸碰便會變得難以自控，我很討厭身體好像不屬於自己的感覺，縱然那軀殼真的不屬於我。

「我還是不太明白呀，錢呀，錢呀，甚麼的，其實我想當一位作家，這是我的夢想。」我一本正經地說，說的時候我的雙目閃閃發亮，她卻嘻的一聲笑了出來。

「真傻。」她嗤嗤笑道，還是撫摸著我的臉。它，比剛才還要紅。

後來，不知過了多少年，我才發現她所說的愛，其實是基於女人物質生活的需求而產生的一種愛。錢，的確能誘發女人這種愛，而且對她而言，那邏輯絕對合乎情理。可惜，這夜即使我要離開地球了，我還是不懂，這算是愛嗎？

***

一幅幅記憶殘像，大大小小若隱若現地輕浮在草地上。這一幅，是那個咖啡店，我們第二次見面。大概是相隔十多天吧？我不太記得細節，但那日在咖啡店裡再見到她時，我記得那感覺異常熟絡。

「你經常來這咖啡店嗎？」她問。

「是的，一有時間便來寫作，這裡很好，很寧靜。」我應道。

「在喝咖啡嗎？」她發現了桌上的那杯咖啡。

「是。」我點點頭，羞怯地笑了。是的，因爲想模仿她，想進入她的世界，那日我叫了一杯咖啡，很苦。意想不到的是，我只沾了一口苦澀，她便出現了。是咖啡神安排她出現嗎？若果眞的有咖啡神的話。想著想著，我不禁地傻笑了一下。

「傻瓜，笑甚麼？」她好奇地說。服務員剛好走來，她點了一杯熱的黑咖啡。

「沒甚麼，或許剛才練習籃球時，不小心吃了一記波餅，所以傻了。」我打趣道。

「你打籃球的嗎？」她問，服務員把她的黑咖啡放在我們的桌上。

「是呀！一年級時，我已經是籃球隊隊長！你可別小看我。」我很威風地說。

「是嗎？他也很喜歡打籃球。」她目光忽然空洞，若有所思的說，然後似無意識機械地拿起杯喝了一口咖啡。

「你的情人？」我問。不是他，還會是誰？她點點頭。

「還以爲你只喜歡寫作。」她說，咖啡沾在她的嘴唇，閃閃生輝的，煞是好看。

「喜歡，但我比較喜歡籃球。帶領著一隊人，捱過辛苦的訓練，在比賽中取得勝利，那感覺很棒。」我說，也喝了一口咖啡。

「那麼喜歡勝利嗎？」

「不，只是不喜歡輸罷。」

「寫作也是不喜歡輸嗎？」她抽了一口菸。

「對。」我應道。

「爲甚麼？好像沒關係。」她又冷笑一聲。

「絕對有關。讀中二的時候我只喜歡打籃球，對讀書完全沒興趣，寫作那一科更叫我害怕，字怎麼樣都擠不出來。有日，寫作科的老師拿著我的作文在全班面前痛罵我說，全班最高分是八十五分，你呢？只有三十分，寫甚麼我完全看不懂，你有用心寫作嗎？不要浪費大家的時間，你不要讀書，我跟校長說好了！」我模仿那位女老師的語氣說。

「她也許罵得合理。」

「對，那時我在想，她只給我三十分，是她有問題嗎？還是我眞的做得不好。想了幾天，知道答案了。放學後找她，跟她說我一直有許多感覺經常困在腦海，同時也有些古怪的念頭想和別人分享，但每當我寫出來，就是讓人難以理解。接著我便請教她，怎樣才可以找到寫作的鑰匙？」我說。

「然後？」

「她說，多看書就好，看別人怎樣寫，自己再學習寫。我眞的開始看書，把父親書架上的書，電腦的，財經的，汽車的書一一看完。姐姐書架上的書也不放過，愛情的，歷史的，園藝的，也全看過。家裡的書都看完了，便跑到學校圖書館找書看。太多了，就只看自己眞正感興趣的，那時我最愛看心理學的書。然後便開始寫作，把有趣的事記下，寫多了，便不用想也能夠寫出許多字來。二年級下學期，我的作文拿了九十一分，分數也是她給的，她說很欣慰。」我充滿熱誠地說。

「是嘛。」她輕輕一笑。

「那黑澀澀的咖啡是甚麼？苦嗎？」我好奇地問。

「這杯咖啡嗎?沒有奶,沒有糖的咖啡。」她說。

「不苦嗎?」我擔心得皺一皺眉頭。

「人生有那麼甜嗎?」她笑著說。

「不知道。」我搖搖頭。

「算是一種感受吧,長大後你或許會懂。」

「我也不少了。看,我比你高大。」

我坐在椅上挺直腰背,真的比她高許多。

「好的,好的。我們以後也在這裡見面,好嗎?」她問。

「好呀!你今天很快樂。」我興奮地說。

「他明天可以抽空來見我。」她說,嘴角忽爾向上。

「那很好呀。」我的心酸溜溜,一點兒都不好。

「今早接了他的電話,已開心了一天。」她說。

我喝了一口咖啡,苦得很,胃部忽然隱隱的痛,像在呼應心裡的痛那樣。

「那很好。」我不自覺地重複一遍,身體忽然不受控制,不停地冒出冷汗。

「你怎麼了?臉色那麼青白?」她十分擔心的說。

「不知道,很冷。」我全身顫抖,怎麼了?

「來，來我家躺一躺，還不好的話，我帶你去醫院。」她憂心地道。

「我沒事，躺一下就好。或許咖啡太苦吧！」我沒氣力的說。

你或許不明白，其實藍月王子寄居在地球人的軀殼蠻有限制的。

那日她攙扶著我爬了七層樓梯去了她的家。躺在那兒，我才記起其他王子曾經這樣匯報：吃醋是一種可怕的感覺，它會導致我們借來的地球肉體產生不良反應，小事的話可能會發冷冒汗，嚴重的可能會不斷顫抖，繼而休克。

那大概就是我人生的第一次吃醋。

1.3

自那天起，每當她不用工作，我們便相約在那咖啡店。我從喝熱巧克力到學習她喝咖啡，那種苦澀的味道漸漸地變得香郁，但每次都會令我的胃部有種隱隱的酸痛，似乎是身體的一種制約反射，那種吃醋的心痛和咖啡之間起了一種不能解釋的連結。

每次見她時，她都會教曉我世界各地的許多事情，雖然那些事情我在藍月星球都聽說過，有些文化，有些建築物，有些人，各有不同的事物，然而從她口中說出來都變成一模一樣地不值一提。那日我剛放學，她在校門等我，看見她我興奮雀躍，便忍不住跳了過去，十來歲的我就是那樣，說傻不傻的，她像在接一個小孩放學。

「還好嗎？」她問。

「好得很。」我說，眞的，想念她第十二天了，終於可以見到她，感覺眞是好得很。

「傻瓜，那日你突然臉色青白得像紙一樣，又不斷冒汗，把我嚇壞了。」她說。

「現在好得很。」我拍打著自己的心口，心想，只要你言談間不提及他便可以了。

「我買了手信給你。」她望著那個笑得燦爛的我格外開懷，然後她從黑紅色的小手袋裡掏出一個巴黎鐵塔的鎖匙扣。

「謝謝。」我一手接過它。

「這是艾菲爾鐵塔，有去過巴黎嗎？」她問。

「沒有，父母都很忙，家裡的生意叫他們放不下心，我從來都沒有去旅行過。」我有點失落地說，但還是掩蓋不了見到她的喜悅。

我和她一起在路上走著，再直接上了她的家。那天風和日麗，不知何故，那一幕畫面卻是灰濛濛的。

「是嗎？我剛從巴黎回來，你知道嗎？他竟然飛到巴黎找我。」她莞爾一笑，萬般嬌艷，雖然她真的不算非常漂亮，但她應該是男人最喜歡的那種女人，怎麼說好呢？她就是很冶艷的那種。

「他給你驚喜嗎？」我說，心中很不是味兒，並把禮物放入褲袋。

「也算是吧，他恰巧到倫敦開會，他是個了不起的建築師，他知道我在巴黎，便趕忙飛過來看我，見他的時候，他還拿著一束紅色的玫瑰，他說我是他最愛的女人，雖然只是一天，他也真是個很傻的男人。」她很滿意地笑了，再望望我，「你呢？則是個傻傻的男孩，但你知道嗎？看著寫作的你很不一樣，有份成熟的感覺，好像很老練，很沉鬱似的，我比較喜歡寫作時的你。」

「是嗎？」我點頭淺笑，又習慣性地赤紅了臉。

然後她跑進那灰灰黑黑的睡房，換上一件紅色的半透明睡裙。當她步出房間的一刻，我望了她一眼，然後不好意思地盯著黑色的地板。

「他很浪漫。」我屈澀地說，眉頭還緊緊合攏，我會休克嗎？

「是的，懂浪漫的男人最能吸引女人，但他從不對他的太太那般浪漫，他說在家的那位只是看家的傭人，看顧小孩就是那女人的責任。」她又點起了菸，煙縷徐徐升起。

「那種男人好嗎？」我不禁偷偷望了她一下。

「他對我好，就夠了。」她無關痛癢地說，吐出一口煙，接著仍是我無法控制的咳嗽聲。

「巴黎是個浪漫的好地方罷？」我試著說別的，光聽她談他的話，會使我的心隱隱作痛，不停冒冷汗。

「浪漫嗎？要不是見到他，我也不以爲然。許多人到訪過巴黎後，就會有種莫名其妙的失落，甚至被它的滿地狗糞嚇怕，橫街小巷也是昏臭的，巴黎的男人一喝醉就會在街上胡亂方便。」她冷淡地說。

「是嗎？」我頓時大笑，我還是較喜歡聽她冷靜地談別的故事。

「要浪漫的話，在甚麼地方都好，有個情人在旁就夠。」她說。

「這幾天他沒來過嗎？」我其實看得出答案，卻還是刻意地問道。

「這星期也沒有，他很忙。」她望著窗臺說。

窗簾輕拂，微風訪至，她顫抖了一下，再走到我的面前，駕輕就熟地擘開她修長的雙腿，坐在我的大腿上，就像在第一天見她駕馭咖啡店的椅子那樣。她的鼻尖輕輕碰到我的鼻端，她的乳房就那樣貼在我瘦削得還未長出肌肉的胸膛前，而我的大腿根就正正被她溫暖的下體壓著，一股熱血往那兒流，我怕得閉著呼吸，紋絲不動。

「抱著我。」她命令似地說。

我雙手極緩慢地向前延伸，再纏繞著她纖弱的腰。我們緊緊地扭作一團，她的體香撲鼻而至，那刻我感到一份情愫，以幾何方式在我心中快速複製，再無限量地蔓延。

「可以給我一點溫暖嗎？」她很輕聲的說。我感覺到她的嘴唇在我的耳珠上微微顫抖，我點點頭，把她抱得更緊。

「在想他嗎？」我不禁問。

她不置一詞，她的淚水在我赤紅的臉滑落，身上往大腿跑的那股熱流立即急速流走。

「可以不愛他嗎？」我問。她搖搖頭。

「我明白。」我輕輕地說。

那日，她令我想起在藍月星球聽到過的一些故事，曾經有一位從地球凱旋回家的藍月王子對我說過，愛一個人從來不容易，愛一個不愛自己的人很痛苦，但和一個不是全心全意地愛自己的人一起尤甚痛苦，碰上那種地球人，便要學懂如何放下不會有結果的愛情。

「愛他那種男人，要學懂放下。」緊皺眉頭的我忽爾吐出一句，她卻大笑起來。

「你很懂事嘛？」她笑著說，並用手背擦拭她的兩行淚痕，又再把兩臂放在我的肩膊上，輕輕的用兩手玩弄我的頭髮，然後緩緩地離開了我的身體。

「放下是一種藝術。你要知道，觸得到他的話，我的世界充滿快樂，觸不到的話，他彷彿不存在。」她背著我說。

1.4

那一刻的感覺令我發現了距離的存在性，她和我的距離在那一刻漸漸變近。至於她說甚麼觸到觸不到的論述（我應該稱它做理論），在她每次離開工作時，我便領略多一點。短暫的別離使咖啡店化成空洞洞的一角，也使我初嚐等待一個人的苦澀，味道就如初喝咖啡一樣。習慣了，反而有感於短暫的別離所散發的那一種美感。直到她有一段很長的時間沒有出現在咖啡店，我便開始確定她是我觸不到的人。

曾經有一個晚上，穿上籃球隊球衣的我剛步出校門，便見到她站在校園外不遠處。那夜我第一次看見她穿上空中小姐的制服，別人說制服有多吸引，我不以為然。束起長髮穿上紅色的制服的她和平時判若兩人。

「你等了多久？」我憂心的問。那時暮色已籠罩了整個校園，甚至她的世界。

「無所謂。」她喃喃低吟。

「甚麼？今天要練習，所以比平日晚了點，對不起。」

「陪我回家。」

她的臉色灰黑黑，像夜空上的一片雲靄抹在她的臉上。也是擔心，也是累，我一手抱著籃球，一手拖著她的行李，背著重甸甸的書包，不置一詞地跟她回家。

「發生了事嗎？」我待她關上家門後說。

她沒有回應，也沒有開啓家裡的燈。她只是拿起餐桌上的菸和火機焦急地給菸點燃，豈料火機彷彿在玩弄她，怎麼也打不出火。突然，她把它使勁地扔在地上，再瘋狂地掃掉餐桌上的一切，繼而跪在地板上嚎哭大叫，那是我第一次看見她鬧情緒。

她歇斯底里的哭泣，不斷大叫著同一句對白。

「我不要孤單一個人！」

我跪在她面前，把她抱在懷內，她的身體劇烈地顫抖，她哭了很久才拋出新的對白。

「他不愛我了，他走了！沒有人愛我了！這世界又剩下我一個了。爲甚麼要我受苦？爲甚麼？」

「別哭，有我在。」

我抱緊她。

「很冷，一個人很冷。」

「抱著我，我會永遠給你溫暖。」

她似乎冷靜下來，身體的顫動逐漸退減。然後，我拾起散落地上的其中一支香菸遞給她。

「來，讓我幫你點火吧！」我溫柔地說，她好奇地盯著我。

我左手食指的指尖立刻出現一道火光，擦亮了房中的黑暗。我把手指遞前，她吸了一下，香菸的最前端緩緩地亮起。

菸點著了，兩點小火光極努力地試圖照亮她的宇宙，她的嘴又回復那種輕屑的姿態。

「怎樣弄的？」她問。

一縷輕煙如常地上升，直至微風把它打散。

「魔法。」我應道。

她終於笑了。

「從第一次看見你抽菸就想給你一點驚喜。」我說。

「真的，我巧合地在電視上發現了那個魔術，然後我買了一個小小的火機，藏在食指後，重重複複地練習了許多遍。」

「愛我吧！」她說。我默然點頭。

她冰冷的唇已印在我的嘴唇上，她的手臂纏著我的頸項，然後她的舌頭闖進我的嘴，我意外的彷彿感受到兩個身體連結在一起那樣，那一種纏綿感覺太不可思議！

那夜，我抱著疲憊的她躺在深灰色的沙發上，她又如常地玩弄我的手指。

「不痛嗎？」她執著我焦黑起繭的食指說。

「不。」

在這裡，我沒有魔法，只有一顆逗你笑的心。

＊＊＊

那夜後，我們纏綿的日子維持了好一段時間。在那段日子裡，空中小姐教曉我接吻和擁抱的藝術，許多戀愛的細節她都毫無保留地一一明確說明。她說，戀愛很平常，只要記住不要認眞就夠。那時我一直沒有和她睡覺。她說，每次工作都可以找到不同國家的男人滿足她的生理需要，在飛機上也好，機場的洗手間也好，她都曾經幹過那回事。而我，大概是一杯她悶了會找來舔一口的巧克力。她不用工作便會找我，我也漸漸地從她口中聽到更多關於她的事。

「我以前不是這樣，我也曾幸福快樂過，直到五歲那年，爸爸愛上了一個溫柔的少女，他對媽媽說：『對不起，我已經和她有了小孩，所以我們離婚吧！』從此我再沒見過他，即使他會定時寄一點錢給我們。我的媽媽更變得神智不清，終日盼望拋棄她的男人會回來。不會了，飛走了的人哪個會回家？媽在我當空姐的第一年就得了嚴重的心臟病，是命運嗎？我也不知道她爲何那麼苦命。那日我拖著行李回家，就看見她躺在地上，似乎已走了好幾日。我不知道，我抱著她的身體哭了很久很久，好像她的靈魂還在家裡，當然我見不到她，但她走了也是種解脫。」她說。

爸爸跑了之後，她和媽媽就是那樣無依無靠地活了多年，在那小小的家裡一直就只有她們，她們的世界也然。自從母親也離她而去後，她變成百分百的孤單一個人。

「你可以想像一個人的世界是怎樣的嗎？」她接著問。

「迄今都沒幻想過。」我坦然應道。

她默然陷入一片沉思，然後那樣說。

「媽媽不在後，我再也收不到爸爸寄錢來的信封，他消失了。我的財政開始出現問題，然後我接受那些男人花錢買下我的身體，頭一次的時候感覺自己極度骯髒，那時我才十八歲，那些男人也不是要我和他們玩甚麼變態的，只是他們錢多的是，習慣了花錢買女人，各取所需罷，然後我也習慣了。兩年後我因為一次工作，在巴塞隆納認識了現在這個男人，這個有家室的男人。他從來都沒有掩飾過這一點，我也不介意在他生命中扮演配角。因為他和其他男人不同，他不僅是要我的身體，他也會抽時間陪我作許多日常生活的事，之後我的生活安定下來，全因為他，我才不再寂寞。男人呢，是我這種女人必須依靠的生物。」

結果，精神上的，肉體上的，物質上的，她都不能少了男人，男人以全方位的方式占據她以後的生活。就是那樣，我也變成她生活依靠的一小部分。

當一切也過得有了規律後，她卻突然消失了，消失得無影無蹤，我每日放學就到她的家門前等她，我拍打過多少遍那灰黑的門卻只傳來沉默的回響，而長期沒結果的等待往往會孕育出放棄的念頭。

到了那一天，就當決定放棄的那一天，我又回到咖啡店。

那天，我第一次感受到重遇一個人的震撼感動。那天的天氣很寒冷，空氣特別乾。她又一次推開咖啡店的門，玫瑰色的大衣為她多添一份女人味。纖細的腰和修長的腿，刺激著我軀體的每一顆細胞，令我興奮得再次為她擱下筆，衝到她的面前，把她抱起來。

我雙手緊緊地抱著她，她連雙腳都離開了地面，高跟鞋徐徐掉在木地板上。接著是她的一聲尖叫，然後她也把我抱得緊緊的，還輕輕的親吻了我的額頭，咖啡店的門仍未關，我們倆站在那兒，兩人的體溫暖化著店外的冷空氣。在店內的客人照舊喝著咖啡，彷彿看不見我倆，我以為那刻全宇宙只剩下我們，她不再一個人。

從她闖入我生命的那一刻，我便明白到機緣會降臨，也會消失，緣分出現的話不好好把握也未必能走在一起，那日陌生的她要求我說故事給她聽，要是我不加理會，我的故事就會不一樣了罷？她曾經消失過，這刻卻活生生的在我跟前，要把握緣分嗎？結果想永遠觸得到她的衝動驅使我問了一個在腦裡沒思考過的問題，得到的答案卻是永遠的別離。

「你可以當我的情人嗎？我一定會給你幸福的。」我真誠地說。

她笑了笑，久別後的她還是老樣子，連笑容都似乎在看不起這個世界。

「你一開始便不會結束，只是相戀的對象或許會不同，你考慮清楚嗎？」她說。

「我很想很想每天都可以見到你，沒有你的生活，咖啡也不苦了，我根本嚐不到任何味道。我每天都在等你，你可以嘗試不愛那個男人嗎？」

她沒有回應。

應該確實點說，她沒有反應，她整個人呆住了，變成一尊極其漂亮的石像，那重量我忽然抱不住，便把她放回地上，她拖著我的手步出咖啡店。

「他回來了，我和他在另一個國家建立了一個家，一個只屬於我和他的家。」她指著天空說。

然後她轉身背對著我急步地走了，我的身軀突然變得僵硬，一動不動的望著她一步步走遠，直至她走到遠處的一個轉角，便完全在我生命中消失了。那時候，我全身發熱，一瞬間感覺到自己虛弱得像以超越自身能力的速度跑了三千米後那麼累，而右邊的耳朵赤熱得十分難受，卻發覺手指頭奇怪地發亮出一點點微弱的光芒。

突然被一股強大的力量牽引著，我的身軀被拖曳著，一拐一拐地踏上她剛走過的路，卻在那轉角處迷失了方向。我無原由的被那股力量帶進一條小巷，再穿入一個陰暗的公園，在荷花池前我疲憊得無法再踏前一步，從墨綠色的池水上我赫然望見自己的倒影，面白如灰，像被火燒的耳朵有顆藍色半彎如月的東西，一閃一亮地在我的耳珠上閃爍著，赤熱的感覺迫使我用盡全身力氣把池中的水起勁地撥向我的右耳，然後我漸漸失去知覺，紋絲不動地癱在荷花池旁濕漉漉的磚地上。

Chapter 2

2.1

「30702891！」

昏迷中，我迷糊地聽見一把沉厚的男人聲音使勁地呼喚我的藍月王子編號，聲音無法辨認，那是我在地球沒有接觸過的人，但他的聲音卻極度關切地叫喊著我，是哥嗎？他也來到這個小城市了嗎？

我沒法睜開眼，唯獨感到耳珠上的赤熱漸漸流走，取而代之的是一種冰涼的感覺，心臟每跳動一下，都擠出涼快的血液往耳朵流，但耳珠的藍月記號還在閃亮，那是我沒看見也能感受到的事實。

「30702891！快醒來！」

耳朵又微弱地聽到那一句，可是我還是沒有力氣張開雙眼。

不知道過了多久，晨光毫不客氣地刺透我的眼簾，我緩緩地把雙眼張開，並慢慢地爬起來，身體依然虛弱不堪。我沒法站穩，依傍在池邊的長椅而坐。當我定過神後，卻意識到左手有點不一樣。

我往下一望，不見了！

我把左手提高，我的食指指頭沒了！

消失了！

焦黑的生了繭的食指指頭沒了，我努力地憶起前一晚發生的事：荷花池！

依稀記得我將池中的水潑向耳朵時，能量粒子因爲身體感到無比痛苦，而從地球人軀殼排斥出來。我立刻跑去荷花池前，竭盡僅有的力氣呼喚那部分的我，但過了很久我仍沒接收到來自宇宙間的任何回聲，大概我的能量粒子無聲地被痛苦所毀滅，因而它們衝破我的軀殼時似乎摧毀了處於手指頭位置的地球人類細胞。我沒有落淚，心中只是一陣鬱痛，空中小姐離開了，我這個藍月王子的一部分也跟她一起消失。

心中彷彿也有一個缺口。

***

自那夜後，我的身體無法復甦似地依舊疲弱得像一個患重病的地球人，已經有好幾個星期呆在床上，沒法上課。最初幾天，傭人把醫生叫來，他開了點藥，可是我怎樣也嚥不下它們，可以吃的東西全啃不了，連水也喝不到一點點。過了兩星期，姐破例地踏入我的房間，仔細地觀察我之後那樣說道。

「不是感冒，要詳細檢查，我送你去醫院。」

我搖搖頭。

「手指發生甚麼事？」

我也是搖搖頭。

她的問候不可思議。我閉起雙眼，淚水不自覺地像決堤般的崩流，不知是心中的痛，或是爲了太多年沒和她說過一句話而忽然被感動。

「好了，你不說我不逼你。我開點營養水給你，無論如何都喝一點。放在這兒，我要回醫院了。」說畢，她走了。

我在空中看著那一幕畫面，記憶猶新，現在姐也應該看到了吧！

那次，我感受到地球人之間也有親情，也許是性格使然，十六年來她一次都沒有踏進過我的房間。她比我年長七歲，自小就是個高傲而冷若冰霜的人，但絕不是孤芳自賞的那種，她是眞的絕頂聰敏，高雅脫俗，而且美麗得不可挑剔。在我七歲那年，她一個人跑去英國，兩個月前她才回家，回來時卻當了醫生。我不明白她，而且不知何故我有點害怕這個地球人。

然而看著她的背影，我彷彿感到她不是真的那麼冷冰冰。然後，一股能量漸漸從體內產生，我試著起床，拿起她放在床邊的營養水，感覺好多了。

第二天，我回校復課。總算支持到下課，我如常地到籃球場集訓，可是步履不穩的我連球都接不住，教練和副教練便走到我身旁，把我拉到球場一角。

「下星期比賽了，你多休息吧！」教練說。

「沒問題，我會盡快復原。」

「副隊長會頂替你帶領球隊比賽，明白嗎？」他卻說。

明白，地球人喜歡說假話。他想說的，其實是「你病了，不能帶領球隊勝利」。我心裡也希望不要拖累球隊，於是便點頭。

那夜我對著電腦，失神的盯著屏幕上一幅巴黎鐵塔的相片。她走後，我曾經做了同一個夢許多次，我夢見自己抱著屬於我的那個地球人，由巴黎鐵塔的塔尖一躍而下。她沒有害怕，只是緊緊地抱著我，待跌落至塔的中間位置時，我像超人那樣飛起來，抱著自己最愛的人在空中飛翔，再在巴黎鐵塔前的草地低飛，然後翺翔於穹蒼下。

發呆的我重重複覆地用食指敲打電腦的鍵盤，我仍未習慣左手食指按鍵的距離，每次按鍵也格外用力。我的世界黯然改變，那年，空中小姐寂寞便找到我的門，卻奪去我的一根指頭。

一邊想，一邊盯著電腦屏幕，忽然有一個短訊從畫面跳出來，我漫不經心地瞟了一眼：

「倘若你關了冰箱的門，冰箱的燈是開著的，或是關掉的？」

我腦袋不願意郁動，但還是好奇那陌生人的問題，便回覆說：

「關掉門嗎？冰箱門有顆按鈕，關門的時候會按到那按鈕，燈自然會關上。」

「啊！你是第一個答中的人！」

「你問過多少人？」

「你是第二百零三個。」

似乎寂寞的缺口總有方法找到另一個寂寞的缺口，再把兩個寂寞的人一瞬相連。

2.2

頃刻間，我有點暈眩。我似乎失去了寄住在地球人軀殼的某種能力，或某種能量。爲何她走了，我身體虛弱得像被人掏空了。我嘗試回想在藍月星球所聽到的告誡，卻沒法想起任何有關遇到類似狀況要注意的話。

收到她的訊息，但我沒力氣回覆，便爬回床上。

在床上我盯著高高的天花板，房間的天花板大概比空中小姐家裡的天花板高一倍，我幻想著若她在我的房內抽菸，那吐出來的煙縷要多久才升到最頂，要多久才會消散？

***

下課後，我如常途經那間咖啡店，霎眼望去，咖啡店彷彿被黑霧籠罩，我急急地跳上車回家去。我沒有開啓電腦，反而在書房看了一會兒小說，也完成了幾個星期累積的作業，再草草地吃過晚飯便睡了，我的藍月能量彷彿無法好好控制地球人的軀殼，感到異常疲倦，身體脆弱得很。

晚上十時四十九分，她醒來了嗎？

那樣子計算時間的差別所影響的生活作息和節奏，還是首次，蠻有趣，但我還是沒有上網。

於是，又過了一個星期，籃球隊連場勝利後順利進入決賽週。那夜我和球隊慶祝後便回家。在路上我望見一間裝潢十分雅致的爵士樂酒吧，我望著酒吧藍色的霓虹燈「Once In A Blue Moon」，映照著酒吧門前幾個高大俊朗的男人站著閒聊，隱約地看見他們的右耳也有顆靛藍色的半月光環，不知那是霓虹燈的照射或是我疲憊得開始眼花撩亂，我沒有多加理會，便跳上車，在車上我彷彿感到他們緊盯著我的視線。

＊＊＊

回家後，我終於開啓電腦，便立刻收到一個訊息：

「若果你把我關進一間密閉的房子，你站在房子外面，而不能和我接觸，那麼，我還在那裡頭嗎？」

又是她。

「在，只要我相信你在那裡，你便在那裡。」我想了一會兒，便回答。

「眞的？」

「千眞萬確。」

假如我說謊，我會立刻化爲灰燼，你們這些地球人會嗎？

「今天我校的籃球隊勝利了。」

「是嗎？那我就送一份禮物給你。收下檔案！」

原來是一個音樂檔案，我帶上耳機，等了一會兒，耳機便傳來鋼琴聲。琴聲非常柔和悅耳，卻帶點愁思。我閉上眼，彷彿看到黑幕灑下一滴滴藍色的淚，我試圖用雙手接住它們，但接不住，它們從我的指間流走，化成一點點藍色發亮的星星落在沙上。

「是你作的嗎？」我張開雙眼，一邊聽，一邊傳訊息給她。

「對。」

「你彈得非常好。」

我重複地聽了幾次，身體莫名地多了一點力氣，遂放下耳機走到書房拿出小提琴。躺在床上的唏噓日子裡，有一段旋律不斷地在腦中盤旋，我在書房嘗試把它譜成一首新的樂曲，再錄製起來。第二朝待她上網便寄給她，想不到她的反應竟是異常地大。

「你會拉小提琴嗎？」她雀躍地把問題重複二十七次傳送給我。

「是。」

「這樂曲很陌生，它有點像古典樂，但它的規格卻較像爵士樂。」

「不動聽嗎？」

「有點古怪。」

「那是我作的樂曲。」

「自己作的？」

「是。」

「可以把樂譜寄給我嗎？」

「沒有樂譜。」

因爲要上課，我說了晚安便跑到書房拿起書包，怎料只是跑了幾步又感到眼花撩亂，滿天星斗的我合攏雙膝地坐在書房的地上，姐卻赫然經過。

「不用上課嗎？」她冷淡地拋下一句。

「現在就去。」我還未說畢，她已走了。

我使盡全力地站起來，那天是球隊決賽，就算我不能比賽也希望早點回校出席球隊的賽前會議。球隊在那場比賽又獲得勝利，順利進入了總決賽。那夜我萬般希望可以在總決賽重披戰衣，可是身體像無法復原似的，失意間我又望見那間爵士樂酒吧，那刻只有一個高大的男人站在門外點菸。他身穿黑色西裝，結了一條寶藍色的領帶，端莊得體，我沒看清楚樣貌他已跳上車去。

在回家的路上，一直有輛黑色的跑車尾隨我的房車，連司機都留意到有點不尋常。

「少爺，是朋友嗎？」他問。

「不認識。」我累得沒氣力說。

「要報警嗎？」

「不，駛快一點，回家就好。」

「沒問題嗎？你臉色不太好。」

「駛快一點，看它還跟不跟來！」

「明白，少爺坐穩一點。」

黑色的跑車還是跟隨著，它的引擎發怒似地在高速公路上咆哮，直至我的車駛進家裡的花園後，我轉身望見它停泊在家的鐵閘門前。

「不用報警嗎？」司機問。

「那車是最新型號的保時捷，車上不是普通人，吩咐傭人小心點就可以了。」

「明白。」

***

第二天，我如常開啓電腦和她短談一會兒便去上學，在車上司機遞了一封信給我。

「少爺，似乎是昨晚駕駛跑車的人給你的，信上沒有郵票。」他說。

「媽知道這事嗎？」

「我沒跟他們說。」

「好，別把此事說出去。」

我打開信封，信上的字體異常剛毅。裡面寫著：

「我們和吸血鬼沒多大分別，隨便找個女人來愛吧，若不，你會虛弱至死。」

署名的位置只有一個半彎的藍月標記，那人也是藍月王子嗎？

在電腦課時，我拿出他的信看了許多遍。我是藍月王子，怎麼會和吸血鬼相提並論起來？百思不得其解。我把信小心翼翼地放進褲袋，然後進入我的聊天帳號，收到她傳來的訊息。

「在上課嗎？」

「對，你還未睡？」

「我有份禮物給你，你接收了，我就會睡覺。」

我接收後把它開啓，愕然發現她把我的樂曲寫成一個樂譜，更修改了一些不善之處，樂曲變得近乎完美，心中滿是驚喜。我把樂譜列印出來，看了一遍後就把它貼在新的米白色筆記簿內。

「謝謝你。」

「我開始掛念你了，晚安！」

我忽爾感到有股能量在體內洶湧澎湃地產生出來。下課後，我精神抖擻地換過球衣跑到籃球場。

「來練習嗎？沒你在，我打得很沒趣！」副隊長說。他在籃框下把球傳給我，我一手就接著它，並飛似的做了記大力入樽。

「我回來了！」我望著他笑著說。

神祕的藍月王子用吸血鬼打的那個比喻是提醒我，藍月王子在地球的另一個限制。我的能量因悲痛而流走，軀殼被空中小姐掏得空空如也。所以，他要我去找愛，用愛來製造控制地球軀殼的能量。

2.3

我回家後，便主動和她攀談。

「你最近共問了多少人有關冰箱的問題呢？」

「沒問了。」

「爲甚麼？」

「有你，我不悶了。」

接著的一星期，每聽她說一次掛念我，我的身體便多添一份力量，也不知那是不是愛，但我如願以償，以隊長的身分打了那場總決賽，更爲學校奪回失去了八年的冠軍寶座。得到勝利，球隊所有人都萬般興奮，教練熱烈地爲我們慶祝。那夜我離開球場時，又望見那間酒吧，但它關了門。我好奇地走了過去，Once In A Blue Moon 的霓虹燈沒有亮起，也不見那些出類拔萃的男人。

接著的幾個月，我和她經常在網上談天說地，我喜歡把她的話寫在筆記簿上。那時候我完全沒有在意她介紹自己的資料是否眞確，她說的每句話我都深信不疑，沒有過問半句。當她對我透露各項有關她的事時，我都會記錄下來，另一邊我又會把發生在身邊的日常大小事情告訴她，當然我也會透露有關自己的一切眞實資料。在虛幻的世界裡，我們彷彿在約會，只是，我的白天是她的夜，但我巒享受我對她說早安時換來一句晚安。

「我也可以送一份禮物給你嗎？請給郵寄地址。」有天她說。

結果，她寄了一封充滿甜蜜的情書給我，內附一幅她的近照和一片楓葉。如果相中人眞是她的話，她便是一個頭髮長長的少女。她眼睛不算很大，左眼比右眼大一丁點兒，而且左眼是雙眼皮，右眼是單眼皮，十分特別，她說遠看的話，並不會發覺它們的分別，可是我把照片近距離地望了許多遍。我最喜歡她的鼻子，不大不小的在她那鵝蛋臉的中央，說實在，那樣看來，她的樣子有點像我姐。

在暑假前，也就是我生日前的數天，收到她的訊息。

「在你生日的那天，請留在那城市吧。我有一份禮物給你。」

那天正好是我的生日，我一步出後門便看見她。她的樣貌和相片完全吻合，我一眼就認出她。她也一樣，只望一眼便認得出我。我相信我們的坦誠在網路世界可算是稀奇的事，因此那天的見面並沒有如其他網路情人經歷過的失望。

「你眞的來了。」我說。

「你早知道嗎？」她失望地問。

「猜到一點點。」

「生日快樂！」說罷她甜蜜地笑了。

「謝謝你。」

「我只可以逗留一個月，暑假結束，我便要回去了！」她收起笑容說。

「這是我收過的禮物中最好的禮物。」

她的笑容充滿年輕少女的青春味道，相比空中小姐，來自遠方的她有份童眞與純樸，這種氣質是空中小姐沒有的。因爲這位送了一片楓葉給我的少女，我感受到自己的年輕，同時又學會「該年紀便做該年紀的事」，我確定她才是我正式的第一次戀愛。

我和她到了附近的商場，她已買了戲票，說是要爲我慶祝生日，而那齣電影是她很想看的。坐在戲院裡，大銀幕播放著木乃伊的電影。當每次出現可怕一點的畫面時，她都會靠近我一點，我的臉都漲紅了。突然，電影女主角大叫，銀幕出現一隻大蜘蛛爬到她的臉。她牽著我的手臂，我立刻一動也不動的讓她靠著我，我全身的肌肉立刻綳緊，彷彿在做引體上升到最頂點後定著不動一般，她望了我許多次，我每次都只是靦腆地笑一下。

電影放映了大約一百二十分鐘，我保持著那個定著不動的姿勢大約有九十分鐘。步出戲院的一刻，我有點暈眩，腳步輕浮地依偎著她，她立刻攙扶著我。我們又對望了許久，在第六秒的時候我逃避了她的眼神，那一秒她的嘴唇輕輕地印了我的唇一下。她的臉通紅了，那是首次有一位女生因我而羞怯，兩張通紅的臉有如一面鏡子在我們的中央，我有股衝動打破那面鏡子擁抱她。

「我可以抱你嗎？」我問。

她點頭回應。

空中小姐曾經教過的接吻和擁抱的藝術，我在她身上無意識地運用起來。結果動也不動的變成她，我們的身體彷彿連接在一起。

「可以當我的女朋友嗎？」我鼓起勇氣地問。

「我已經是你的女朋友！」她皺著眉說。

我牽著她的手在商場閒逛，現實中的她比網路世界的她還要年輕，她輕快的腳步像在跳舞一樣，一蹦一跳的，牽著她的手令我感到一股生命力在燃燒。她的輕鬆自在令我們的相處變得平凡而沒有重量，更使我忘卻心中曾經存在的痛。可是我沒帶她到訪我曾經常光顧的咖啡店，那店充滿的沉重回憶和她有點不相襯。我們只進了一間普通的中式餐廳吃飯，接著卻發生了一件我不希望發生的事。

2.4

吃過晚飯後，她突然嚷著肚子痛，便在路邊嘔吐出剛吃過的東西。她的臉白如信紙，沒氣力地暈倒地上。我立刻打電話通知司機趕來，等了一會兒，我抱著昏迷的她回家。

「不進醫院嗎？」司機問。

「回家吧！醫院不可靠，我剛叫了醫生在家等我們。」

「大小姐在家。」他憂心忡忡地說。

「別管她！」我心煩意亂的回應。

在家裡，傭人陷入一片混亂，姐只是走出房門瞟了我一眼便回房間。我沒理會，只是迅速地把她抱進客房。醫生仔細檢查後，給她打了一支針，她的臉色漸見好轉。

「她沒有大礙，大概只是吃了不潔的食物。」

「沒有別的問題嗎？我和她吃同樣的食物也沒嘔吐。」

「照這樣看，應該是沒有別的問題了。我開了些藥，待她醒來依時吃藥便會痊癒。」

看著她，我擔心得坐立不安。幸好過了一會兒她便醒過來，喊著要準時十一時回家。在送她回家的路上，她不發一言的，似乎在生氣。我唯有沉默地攙扶著她。那是我第一次走進屋苑大廈，房子又高又密，離開的時候我差點迷路，之後我並沒過問她爲何鬧別扭。

第二天在吃早飯的時候，又收到神祕王子的信，信是姐遞給我的。

「記著，她不是你要找的人，不要認眞。」

我不理解。

往後的一個月，我和她朝夕共處，然而在地球的一個月十分短暫，在我未有勇氣邀請她跟我回藍月前，她已飛回屬於她的地方。因爲曾經有過那樣的親密相處，結果她的離別產生新的思念。現在已不能回復從前網上的正常溝通，不能見面的痛苦是網路世界沒法補足的，那種往日曾經足夠的溝通變得有限。要是從沒發生過眞實的相處，分離便不會如此沉澱著一種愁雲。幸好愛仍在，我們每天都通一小時長途電話以保持聯繫。

這種遠距離的戀愛維持了兩年，在準備入大學的那個暑假，她神祕地出現在我的生日派對上。我和她又愉快地相處了一個月，她更特別的安排了一個晚上，把她的身體交給我。

「我會永遠愛你，請你也愛我一輩子吧！」完事後她說。

我點點頭，深深的親吻了她，我們抱著一起看日出，時間就在那一瞬間停住。

被我抱著入睡的她和兩年前的她有點不一樣。她不再輕快的踱步，再也沒有那種蹦蹦跳跳的步履。雖然她的聲線還是像個小女孩，但談吐明顯成熟了不少。我預見到，她將會化成一隻漂亮的蝴蝶，美麗的在花叢中飛舞。遺憾的是美麗的蝴蝶在大學裡飛舞時，會發現花叢中長滿動人的花朵。

在她出現在我生命的最後一天，我被她問得啞口無言。

「若我站在一粒沙上，我還存在嗎？」她問。

一粒細沙，她如何站上去？我陷入苦思。

當她在我身邊的時候，我確切地觸到她，她的整個肉體面積，我也可以準確掌握。

可惜，當她整整一個月沒有上網，也沒接聽我的電話時，我開始不確定，她在地球上所占的空間，一粒細沙嗎？或許她連一粒灰塵的存在面積也沒有。

結果，我不懂回應。

「我愛上別人了，不如分手吧！」最後，她說。

她的冰冷令我想起姐，可惜那個女孩並沒有姐的高貴。

「當初我只是很想自己的男朋友懂得拉小提琴，所以就試試和你在一起。但這種存在距離的戀愛，我沒有能力維繫。太痛苦了，想依偎你也不能。我的新男朋友可以每天在我身邊，他會彈吉他。你知道嗎？原來會彈吉他的男人更特別，那是我未接觸過的樂器，十分有趣。我很喜歡他，祝福我們，好嗎？」

我盯著她的訊息，字裡行間卻看見空中小姐的偉論。

「觸不到的並不存在。」

我彷彿聽見她們的聲音交錯地說著同一句話，我的身體開始不停地震動，整間大屋也跟著震動。我的能量和那副借來的軀殼再次產生排斥，沒了一節的食指位置又發出白色的光芒。爲了停止消失的過程，我使勁地一拳拳打向牆壁。

「你怎麼了？」冷不防姐竟走進我的房間，並站在我的身後說。

我沒回應。

「失戀嗎？」

我點點頭，地板還跟著我在震動。

「是那個女孩？」

我再點頭。

「忘記她罷。」

我沒回應，整個屋震動得更厲害。突然又有一股強大的力量扯著我走，我擦過姐的肩步出房門。

「你去哪？」她問。

「不知道。」我真的不知道。

我穿著睡衣赤著腳，被那股力量拉到一個很偏僻的沙灘。行了很久的路，我的四肢在淌血。乏力的我看見沙灘上滿是藍色的光，當我走近時看見一群人的耳珠上和我一樣地發出閃耀的藍光，他們也是藍月王子。

「第一次失敗嗎？」一位頭髮花白的老年藍月王子走在我面前說。

「她說謊了。」我說。然後累倒在地上，幾位高大的王子攙扶著我坐在沙灘上。

「那是常有的事，是錯誤的戀愛對象罷了。」他關切地問。

「她根本不愛我。」

「也許曾經愛過，只是愛消失了，那就不要追究她愛你的時候是眞的，或是假的了。」

我望著他，不置一詞。

「許多藍月王子失敗過很多很多次，才在地球找到屬於自己的女人返回藍月星球，經驗很寶貴，把她當成一種經驗吧！回想自己從她身上學懂甚麼，得到甚麼。你要知道，痛苦的感覺我們都嘗過，但沒有放棄。你的痛，我們都感受到，你呼喚了我們，也呼喚了滿天的流星，他們是死去的王子。將來，你每次傷痛我們都會知道，當然，別的王子犯難了，你也會知。」

那刻我抬頭仰望，夜空灑遍藍色的流星雨。眞可怕，我差點兒也化成其中一顆劃破銀河的星塵。

「爲甚麼我沒有感受過他們的呼喚？我的記號也是近年才開始閃亮。」我好奇地問。

「從前你有相愛過嗎？失去過嗎？他們呼喚你，你也不會知道失去愛人的感覺是怎麼樣，現在的你知道了，長大了。好好記著，找個對的人來愛。」

「你也失去過嗎？」

「我？我的失去有別於你所經歷的。我只愛過一次，六十五年來只愛過一個她。可惜地球人是脆弱的生物，她年輕便得病逝世，離開了我，之後我再沒法愛上任何人。」他平淡地說。

「不回藍月了嗎？」

「我願意留在屬於她的星球，好讓我真切感受到她曾經存在過。活了這麼久，我也變成地球上最年老的王子，但我的心仍愛著她，直到我死去也不會變。」

我們坐在沙灘上，仰望著逝去的藍月王子。原來，天上有流星雨之時，或許是藍月王子受傷了。你有否試過在沙灘看見那裡布滿一點點藍光，或許你會發現其中一個王子在那裡，他或許包紮著雙手，或許一臉愁容，沒法子，她，總是有種令他們疲憊的本領。

年老的那位王子見我沒大礙便和我道別，其他的藍月王子也一一離開。

沙灘剩我一人，那刻，劃破黑幕的流星雨落在我的臉上，徐徐化成一道淚痕。微風柔和，天上月色卻格外暗淡，我累得在那個沙灘上睡著了。

醒來時，卻竟在一輛跑車上，狂風正使勁地拍打我的臉。

Chapter 3

3.1

地球的科學發展有限，這裡的科學家以他們的科技只能夠理解到宇宙最少有 450 個太陽系的系外行星，同時他們也相信他們的銀河系存在著至少有 360 種文明，而最多四萬種，然而他們不會知道把我神祕地載上車的他是甚麼物種。

那位高智慧的生物正以地球人的軀殼駕駛著一輛名貴非常的黑色跑車，在晨光下載著我迎風飛馳。

「啊！」我失聲地大叫一聲。

他原本已是位非常俊俏出眾的王子，但見他的地球軀殼也真的不能不佩服他。他的雙目十分有神，恰似一隻緊盯獵物的鷹，雙眉濃密彎長，鼻子高，從側面看，鼻從雙眉之間以四十五度角直挺挺的延至那深闊的人中，加上他雪白中帶點不合襯的像曬過太陽的赤紅膚色，使我覺得他很像一個地球混血兒，他的年紀大概和我姐差不多。

「醒來了嗎?笨蛋。」他輕鬆地笑著說，然後遞了一封信給我，上面寫道。

「眞心地愛上一個錯的人，你會發現她只是你掌中握不住的細沙，她會隨著時間在指間流走，遇上這情況，便要學會放手。」

「還以爲要把你連同這封信放在你家的鐵門前。」他說。

「哥！原來那位神祕王子是你！」我把信放在睡褲的袋子內。

「對，荷花池那次我擔心得很，還未救醒你，我就被那股藍月力量扯到沙灘。當力量消滅後，我和其他王子立刻趕去荷花池但不見你，我們還以爲你死了，害我虛驚一場！」

「對不起，幸好最後只有一根指頭沒了。」我說。

我邊說邊舉起左手，像是要表演沒了指頭的戲法般。

「你兩年前才來到這個小城市嗎？」我問。

「跟家人由德國移民過來。爸是德國人，媽是日本人，我八歲時開始住在這裡。」

「怎麼一直也沒感應到你？」

「經常跟家人飛來飛去，父母的生意非常多元化。我是他們的獨生子，所以不管去甚麼地方，他們都會把我帶在一起。現在我也經常飛來飛去。」

心中一酸，空中小姐的畫面在腦中盤旋。

「你經常要公幹嗎？」我問了那條曾經問過空中小姐的問題，可幸答案不一樣。

「對！我現在是腦外科醫生，患者把我當成神一樣說我是全地球最好的醫生，所以一有病患需要我，我就飛去那裡爲他們做手術。」

在這裡不得不說，我們對於一切物理知識及哲學邏輯的理解都較地球人深，換言之我們只要選擇一種喜歡的職業，便可以順利成爲該職業的專家，興趣如是，運動如是，只要用心去探究就會成功。

「我才剛從非洲回來，在機上我發現滿天藍色流星雨已心知不妙，一下機我立刻用最快的速度趕來，看見你躺在沙灘上還以爲你死了！一年前也見你病得虛弱，但只能追到你家門前，沒法進去。你眞的！怎麼可以那麼投入一段愛情呢？」

「感情這回事眞的很難控制。」

「說你笨眞是沒錯！」

我的身體像從前那樣十分疲憊，我沒有回應他，只是望著路旁的樹在發呆。

「有時間就到 Once In A Blue Moon 吧，你可以找到一點能量。現在多大了？」

「十八。」我沒氣力地說。

「那就好了，先休息一下吧！」

他是我的哥，這種關係是地球人的認知領域不能理解的。藍月王子找到眞愛後，會把她帶回藍月。在藍月她不需依賴沒用的軀殼來存活，我們所帶走的是她的靈魂。當靈魂也消耗盡時，她的愛會化成新的力量，並和愛她的藍月王子結合，化成新的王子。他是我的哥只因他的母親和我的母親是姐妹，那種關係是非常罕有的事，我和他便更顯親密。我和他已分開二十五年，他比我早七年來到地球執行任務，沒想到和他來到同一個城市，當時我很想和他多談，但能量流走後我已乏力地睡在車上。

＊＊＊

或許是痛過一次，楓葉少女所帶來的痛並不足以致命，又或許我並非很愛她罷。第二天包紮好雙手的傷便返回大學上課。腳踏校園的感覺極度陌生，大概是因爲開學的一個月來我從沒認眞留意，也沒有和其他同學說過一句話。同班的同學都是女孩，我是班內唯一的男生，中學讀男校的我彷彿升讀到女校一樣。那一個月來，我一直獨來獨往，其他人於我而言都是沒特徵的地球人。

「你還好嗎？」身旁的女同學輕指我的手溫柔地問。

「還好，有心。」我冷淡回應。

我被母親安排在貴族學校修讀法律，她以爲這樣我會爲她的生意帶來一點建樹。

沒用的，我曾經那樣告訴她。這國家的法律並不能以正常的邏輯去思考，結果在學習上我面對極大苦惱。

那日我如常在空堂之時，跑到圖書館的七樓，獨自陶醉在我的文學世界裡。七樓的人流最少，相對地靜，因此給我獨個兒看書寫作的空間也最多。我喜歡躲藏於最後的一排桌椅。那位置有一個小窗口，可以透過那打破孤獨的一小缺口望見遠處的樹林，雖然樹木的品種不多，且可遠望的角度有限，卻已足夠帶給我悠閒之感。

可是那日當我如常到了那兒，卻嗅到一股極爲難聞的氣味。我慢步走近，發現一瓶紅酒放在桌上，一個滿頭凌亂白髮的男人醉醺醺地伏在那狹小的一角，我再走近一點看便肯定那男人是在沙灘上開解我的藍月王子，他花白的頭髮絕對獨一無二。

「舉杯消愁嘛？」我拉開他身旁的椅子，然後坐在他身旁說。

他爬起來，瞟了我一眼。他的眼睛小得像兩條微彎的線，我差點以爲他閉著目。

「我們的教育不是說過，地球的酒根本沒有減痛的功效嗎？」我說。

「你喝過嗎？你也痛過的，我只是想起她才喝一點兒，無傷大雅，反正要教的課都教了。」他赫然激動的說。

原來他是一位大學教授，其實在地球遇到那般大年紀的藍月王子是非常罕有的事，一般的王子在很年輕時會經不起考驗，因找錯對象而死亡。部分王子會在三十多歲時找到眞愛成功回家。那教授似乎比我更清醒，酒到底是甚麼一回事兒，我不能確定，從書上的警語我知道有些人迷戀它所激發的生物作用，迷糊間以爲失戀的傷已痊癒。我的手仍在痛，它不受控地拿起紅酒往我的口裡送，教授卻立刻阻止。

「不要喝它，你不需要這種東西，它也不適合你。」他把酒搶走對準瓶口大口地喝。

「爲甚麼?你也別喝吧!」

「聽好!你只要耐心地等，堅持你的任務，屬於你的她一定會出現，而且是在一個你想像不到的情況下出現!」他說畢，便一瘸一拐地走遠。

「甚麼?」我不懂。

我定了定神方才發現桌上放著的一幅泛黃的相片，教授和一位年輕女孩的一幅合照，相片中的他也很年輕，他們兩人笑得非常甜蜜，她的樣子絕不是十分美麗那種，卻有種懾人的氣質，我到現在仍相信只有文化修養與藝術才華的女孩才能散發那股魅力。我拿起相片試著叫教授，但他已遠去，我把它小心翼翼的放入灰色的筆記簿內。

人走了，愛還留。

這個我懂。

3.2

「停在這裡，你先回去。」我吩咐司機道。

步出車後，我望見 Once In A Blue Moon 的藍色霓虹燈，那次是我首次光顧那間酒吧。當我打開酒吧的木門時，一位穿著非常性感的女子比我快一步從另一面使勁地推開門，我還未及慶幸沒有被門撞破我的鼻子，她已經緊緊的抱著我，她的雙手更如兩條毒蛇般箍著我的頸項，到現在我仍深刻記得她空洞洞的眼神，她是一個沒有靈魂的女人。我嘗試推開她，卻害怕和她有任何來自我主動的身體接觸時，有一隻強而有力的手臂一下子把她拉開了。

是他，我一生的救星。

「來了嗎？」哥說。並輕輕的拍了一下我的頭。

我點點頭。

「獵食是在地球上最有趣的玩樂！」他說。

「獵食？」

「你慢慢就會懂。不要站在這兒，跟我進去吧！」

我們穿過一條黑暗的走廊，便看見一條石樓梯，那兒兩旁掛著發出藍光的長形白色蠟燭，再往下走，便到了 Once In A Blue Moon 的心臟。爵士樂隊正演奏著輕柔的音樂，望著典雅豪華的中世紀裝潢使我想起吸血鬼的比喻。

「在這裡找能量吧！一夜的愛情比尋找永恆的她來得容易。」他的話頓然觸動了我。

「一夜？那不是我們的任務！」我有點激動地說。

「你來多久了？還沒吃過苦頭嗎？地球的女人不是善變，就是虛僞，你若再輕易全心全意去愛，應該很快就會命喪黃泉，那時我怕我變不出魔法來救你。」他指著我手上的傷痕說。已兩個多月手背的傷痕仍未褪色，每當我想起在遠方的她，傷痕便像火燒一樣灼痛著我。

接著他把我介紹給其他藍月王子，他們都非常俊俏高大，衣著也十分時尚高雅，彷彿是模特兒一樣自信地和我寒暄。讓我在這裡告訴你一個祕密，我們有改變基因的能力，可以依據地球女性的審美標準來改變外表；我們也可以選擇把自己的能量投進那個地球男女，然後找一家有錢的地球人來投靠，從而增加找到愛人的機會，這是最合理不過的事，但總有少數的王子把自己變得怪裡怪氣，其實他們在藍月星球時已是古怪的一群。

「Once In A Blue Moon 是我們尋找短暫愛情感覺的地方，每次我們來到，那些女孩都會飛奔過來，她們以爲用自己的身體，就可以換取一些名利，一些榮華富貴，因此，我們總是可以不費氣力的得到她們的愛。」一位王子驕傲地說。

我不置可否。

哥又把我介紹給在場的漂亮女生，她們都花枝招展，嬌艷妖冶，我靦腆地和她們打過招呼後，發覺她們彷彿都被平庸所籠罩。

「地球女人絕大部分都很笨，她們以爲依靠到有名利的男人就是愛！」另一位王子說。

我想起空中小姐的理論，便開始認同他的說法。

「其實她們和動物沒有分別，在生物角度上看，她們的軀體會有目的地呼喚她們，並誘惑她們對有權勢或財富的男人作出動物式交配行爲，以滿足她們在消費社會裡的龐大生活物質，這是貪婪的女人生存在城市的基本慾念。她們的生存終極目標是嫁給富家子弟，更說那是女性的自由權利，是繁華大都市的文明動力！在這年代根本沒有女人會眞心眞意愛一個男人，更遑論要她們眞心地愛我們這些外星人！」他說完，點了菸，抽了一口。

煙往上飛舞，然後在黑暗中消失。

「喝，喝光它吧！我們來慶祝！」哥忽然從後遞了一杯酒給我，他舉起自己那杯閃電喝光。

我也跟著喝，不消一會兒，我的頭有點暈眩，朦朦朧朧的記憶裡，我記得哥把我推向一些女孩。從記憶的斷片中我記得在那燈光閃爍的舞池曾和一位美麗的少女親密地跳舞。

***

離開的時候已是第二天，他載我回家。

「你眞是一個天大的幸運兒，你知道嘛，我的跑車很少接載男性。」他笑著說。

「能夠在地球重遇你，就知道我是幸運的人。」的確，我身在一個七百多萬人的城市，要重遇另一位王子不是一件容易的事，正如在這個城市找到你一樣，愛一個對的人更是一件艱鉅的任務。

他開了跑車的窗，迎面而來的風清涼而乾澀，車子播放著輕快的七十年代爵士樂。

「傻小子，你有聽過這句嗎，『愛過便算，痛過就好』？」他問。

「沒有。」

「當然，我剛剛想到的，那你就好好的記著，我們的任務不易。」

「那你有聽過這幾句嗎？是一首詩，『紅塵自有癡情者，莫笑癡情太痴狂。若非一番寒徹骨，那得梅花撲鼻香』。」

「你作的詩？」他訝異地問。

「我也希望能夠有這種才華，是看瓊瑤《梅花烙》時發現的一首好詩。那年我十五歲，一看便十分喜歡。世上最美好的事，應該是當我眞心眞意愛她時，她也同樣地愛著我，經歷辛酸後走在一起，我知道要經歷失敗傷痛，最後的成功才會顯得格外甜美。」

它似在描述我，我的一生。是嗎？我的愛人。

「你連女孩子的書也好？」哥很驚訝的說。

「書沒有分男孩女孩的罷？」

「說你傻眞是沒錯。我只知道愛是很沉重的感覺。哎！我有這句，給我聽好，『舉杯邀藍月，美媚隨我身』。」

「好明顯你在改動李白的《月下獨酌》。」

「哈！好，騙不到你，果然是一個書呆子！看你也不算太傻。到了，快下車！」哥把車停在大閘前，他的臉色突然變得凝重。

「再見！」

下車時我看見姐在她的房間怒視著我們，她的臉比平日多了一種表情，我害怕起來，並步步爲營地走進大廳，她已在門前等待。

「那麼早才回來。」她板著臉說。

「對不起。」我沒好氣的和她周旋。

「駕車的那個男人是甚麼人？」

「朋友。」不好了，心想。

「媽回來了，梳洗後到飯廳。」她冷淡地拋下話便轉身離開。

「明白。」我點點頭，看著她的背影漸漸消失。

3.3

當我走到飯廳時，母親如常高貴地坐在屬於她的主席位置，對著幾位陌生的男人談笑風生。

母親隆重地介紹他們。

一位是政府高官，一位是富民黨主席，最後那個肥肥矮矮的是富民黨主席的兒子。望著那些虛偽奸險的臉，我肯定政治是我最不感興趣的議題。姐的想法似乎和我一致。然而腦轉數比我還要快的她在我安定後，竟以回醫院工作的藉口逃之夭夭。我疲憊得腦筋不夠靈光，便想不到任何離席的理由。

他們的話題離不開金錢和政治，結果沒有半句話能夠成功鑽進我的耳膜。

我的思緒沒意識地游離，我對空中小姐的印象彷彿被塗了一層灰，她給我的痛也漸漸淡化，在我腦中的大部分位置被楓葉少女的話充塞——「觸不到並不存在」，愛也是一種無法觸摸的感覺，它有存在過嗎？越想我的視線越覺迷濛，忽然間我的頭顱像被砍掉下來，墜落在白色的雲石飯桌上。我全身乏力的隱約地聽到傭人的尖叫聲，紅色的血液緩緩地爲潔白的桌子添了一份艷紅。

接下來的情節對我來說，有點迷糊，或許是這樣，空中懸浮的記憶殘像也分外朦朧。

他們把我送到姐工作的醫院，我指的送我到醫院的「他們」是司機和傭人，母親並沒有跟上來。她還能保持一貫的鎮靜態度，優雅地應酬著她的貴賓。

我的頭部被米白色的繃帶包裹得像一只呆在生果紙皮箱裡的梨子，此刻你看了也不禁竊笑。那夜，百無聊賴的我躺在病床上，我執起床邊的遙控器開啓了電視，看著電視播放的探索頻道，動物星球的女主持正在指著一團銀色的物體，牠在水中使勁地轉動。女主持解釋說，那是一條剛剛被漁民割掉魚鰭的鯊魚，沒了魚鰭的牠像一條普通不過的魚在大海中掙扎求生。

「人類爲了生存獵殺別的生物，但爲了甚麼要牠們的魚鰭呢？似乎超越了生存所需吧！」女主持帶點生氣的說。

她的雙眼又大又圓，明亮得有點不像一般的地球女孩，她是鯊魚的守護神嗎？無聊的我在想。

***

獵食，是單純的爲了生存罷。

往後的日子我跟隨哥出席了不同的夜店，夜夜笙歌的璀璨時光，使我的學生生活變得枯燥無味，我開始缺課。那時的經歷卻又眞的十分難忘，高級的場合，華麗的舞會，各式各樣的酒吧和夜店，城中的名媛，出名的女演員，甚至多才多藝的名妓，我都因爲哥而接觸到，假如眞愛在那時出現，可能我也不會留意。我被哥所身處的世界完全地吸引住，我試著學習模仿他的談吐，乃至他對那些女孩的態度，他的風流與自信。

那段時間我把筆記簿擱置在書房的一角，直到大學一年級上學期考試結束後，我計劃把最近認識的女孩作一個記錄，便把筆記簿拿出來，卻發現那張差點被我遺忘的相片，便致電給老教授。他知道我找到相片十分欣慰，卻說只有早上才有空接見我，明明他要謝我才是，我竟然要爲了他從溫暖的床爬起來，還記得那時，我已經有一段時間沒有那麼早起床，早上的課堂我都會選擇缺席，而那日的前一晚我又喝到爛醉，若換了是別人，我定必不會爲他早起。

「坐，坐。」老教授殷切地說。

進入他的辦公室時，他正在喝咖啡，他的樣子精神多了，至少比上一次在圖書館碰到時的他好得多，他的雙眼也比平日大了一點兒。我好不容易才找到位置坐下來，他的辦公室全是書，凌亂得很，唯一整齊的是掛在牆上的她的相片。她，那個舊相片的女主角，年輕高雅脫俗的女生。

「你身上的酒氣很新鮮。」他皺了皺眉的說。

「你的嗅覺眞靈敏。」我笑著回應。

對著老教授總有份親切感，我以爲黑夜生活會使我在他面前會有些改變，但我沒變，對著他的我還是傻裡傻氣。

「你不是說過地球的酒沒減痛的功效嗎？忘了？」他打趣說。

「不是爲了減痛。」

「怎麼了？戀上了喝醉的感覺嗎？愛上Once In A Blue Moon的糜爛嗎？」他嚴肅地問。

我搖搖頭。腦中浮現那幾個月來燈紅酒綠、紙醉金迷的畫面。

「隨便接受那些女性的愛是不智的行爲。沒錯，你可以短暫地得到一點控制軀殼的能量，但那只會阻礙你找到眞正屬於你的人，浪費時間，浪費時間！」他嘮叨地說。

的確，我當日只覺得他很嘮叨。我緊閉雙唇，不作回應。

「試考得怎麼樣？」他問。

「不怎麼樣。」我有點怯懦地說。

「新學期選我教的課程，那科正適合你，你若有不懂之處，我也可以幫你溫習。」

「甚麼學科？」我問。

「我教的是人文學，你就選讀文學創作吧！你大可以把經歷過的戀愛寫成故事，寫作是很好的減痛方法，怎麼說也比喝酒有益。」

我點頭應允。心想，擱下寫作也有一段時間，有正規訓練實在是十分難得的機會，比起法律和政治，寫作才是我最喜歡的事，運用文字把腦海的奇思怪想記下，是一種享受。還記得我曾經是一個作文拿三十分的學生，沒料到我的一生最後都離不開寫作，直到我要離開地球的一刻，我還是一個靠寫作爲生的人。

「你記得你問過我爲甚麼不回藍月嗎？」他又問。

「當然記得。」

「我的任務失敗了。」他的話使我愕然。

「我和她有了小孩，所以怎麼說都不能放棄他回藍月。」

「可以這樣嗎？歷史沒記載過可以發生這種事情。」我好奇地問。

他指著房中的一幅相片，老教授和她在相中，還有一個小男孩。

「當我肯定她就是我唯一的眞愛時，掙扎了很久，也想了許多。譬如說，她會適應藍月嗎？她會接受我不是地球人嗎？她會想念家人嗎？畢竟我理解那是需要莫大的勇氣，藍月是另一顆星球，所有的生活概念與理論和地球全然不同，不是移民去另一個國家那麼簡單。」

「那……她最後知不知道你是藍月王子呢？」

「不，我選擇不告訴她。」他喝了一口咖啡。

我越聽越發好奇便靜心待他往下說。

「是我不想帶她回去罷，地球是一個不太差的星球，她的生命雖然有限，但說到底她都是屬於這裡。我發現愛可以有不同的層次，我顧及她的感受後，發覺帶她走可能是一種為了藍月民族而作出的自私行為。」

「她愛你，就不會理會那麼多吧？」我大惑不解地問。

「我愛她，也不想給她苦惱。」他輕輕一笑，說似容易，那一笑卻包含著無法估計的重量。

我越聽越覺古怪，藍月王子是把自己分成兩股能量體，再射進一男一女的身體，然後進入受精卵，改變它的基因，變成嬰孩來到地球，那種孕育而成的我們並不應帶有生育能力，用地球的話語來說，我們是不育的男人。那日我萬般好奇，卻不敢多問他。而且，宇宙之大，或許沒有不可能的事，一切自於機緣。

「知道為甚麼要你早上來找我嗎？」他又問，我搖搖頭。

「因為早上的天氣特別好。」

「就只因為這樣？」我問。

「就只這樣。」他大笑了，我也跟著笑起來，我們的笑聲掩蓋了窗外的鳥鳴。

3.4

聖誕節的晚上，我又去到 Once In A Blue Moon。那夜我和其他還未完成任務的藍月王子慶祝，那是一個衣香鬢影的晚上。漂亮的女生們打扮得異常高貴性感，其他藍月王子都穿得十分隆重，連我也不例外。Once In A Blue Moon 特別換了澎湃的音樂，所有人都在陶醉地跳舞，使酒吧頓時變成一個熱騰騰的沙漠，女士們為她們所謂的將來和幸福毫無保留地把自己的身體奉獻給藍月王子。王子們為了生存，也放蕩地和她們鬼混。

我像旁觀者般觀察他們，不同的地球人類軀體不斷地跟著音樂磨擦出似乎是愛的火花，汗水由一個身軀流向另一個身軀，閃爍的燈光下，還可以看到我們的耳珠閃出藍光。忽然間，我看到那個女孩，我依稀記得光顧 Once In A Blue Moon 的第一個晚上，我和她有過親密接觸，如今她抱擁的王子不是我，而是藍月王子 12215891。

迷惑的我頓然想起老教授。

「浪費時間，浪費時間。」我重複又重複地喃喃道出老教授的話。

「嗳！又發呆！」哥左擁右抱了兩位美麗的女生走了過來。

望著他，我失去了說話能力，眼淚卻不可思議地流下來。

「這不是我要的生活。」我的腦海閃出了這一句話。

***

「愛就愛，我不懂操控這種情感，我不會把愛當作投資，要買入多少便多少！」我激動地說，然後想起母親，她的生活總離不開買賣。

「即使是那些沒關係的女孩，一旦我接受她們並得到能量，我就會無法自拔的把愛對等地投射在她們身上，但我知道我不愛她們，那只是爲了生存的目的去接近一個生物體。這不是我的任務！」

我和哥坐在沙灘上，他並沒有回應，只靜靜的望著遠處的水平線。海就在那兒和天空連成一線，兩個不同世界的物質，像一對情人平靜地找到完美的交匯點。

「第一次在酒吧和那個女孩跳舞，親密的程度令我認爲她有愛我的感覺，但今夜見她和別的王子同樣熱情，我開始不明白甚麼是愛，那樣是愛嗎？」我拿起沙灘上的一塊細石使勁地把它扔向大海。

「我記得她，她很美艷，不錯的女孩，只是欠了一點智慧。」哥說，然後開了一罐啤酒大口大口地喝。

「那晚，我喝了你的酒後便立刻全身發熱，醉醺醺的，很想找個人擁抱，很需要愛似的。就這樣我抱著那個女孩，她沒有反抗，我們在舞池相擁而舞，甚至吻了她。其實我沒多少印象，就只記得這些，連她的名字也記不起來，彷彿名字是最不重要的事。」

「那當然。」他忽然哈哈大笑起來。

「笑甚麼？」我的鬱結被他的笑聲掃遠。

「我加了一些興奮劑在你喝的酒裡，好讓你可以盡情玩樂！」

「甚麼？」我驚訝地大叫，立刻彈起身，沙濺進哥的臉。

「哎！不用這麼大反應！這又不是甚麼，在這裡幾乎人人都吃的！」哥輕拍他的黑色西裝。

我記起那些女孩空洞的眼神。

「你怎麼可以這樣？我不可以碰那些東西！」我怒氣沖沖的一手抽起哥的衣領。

「別人吃了甚麼我不清楚，也管不了。你呢？」他用力地拍打我的手，我的手立刻從他的衣領鬆開。「我給你的不是毒品，我是專業醫生，你可別忘了。毒品會使你的腦細胞損毀，我知你夠蠢的了，又怎敢加重你的病情？」

「你給我喝的是甚麼？」我比之前更擔心的問。

「不是說了是興奮劑麼？」

「甚麼興奮劑？」我氣急了。

「好！我說就是了，你喝的是我特製的劑藥，由牛肉汁、茄子、雞蛋黃等精華提煉而成，我一直想試試它的功效，現在看來應該效用不錯呀！」他滿意地頻頻點頭。

「你自己怎麼不試試？」我沒好氣地問。

「沒勇氣。」他說畢，大笑起來。

那夜星光燦爛得看不見月亮，到底我要像哥那般做個玩樂王子嗎？在回家的馬路上，我看著黑暗中海水依舊緊緊地和穹蒼連成一線，心想，這似乎是地球的一種自然纏綿，找到了對的那位，便好好珍惜。

我呢？我的愛人到底在哪？我想回家。

「其實愛，也是一種毒品。」駕駛著跑車的他喃喃地說。

那夜，我乍見他瀟灑風流的背後，彷彿隱藏著一道戀愛的傷口。

「我明天會離開這裡到歐洲主持一個國際醫學研討會，兩個月後再見吧！」哥把車停在我家門前說。

「那進來多聊一會兒吧！」

「不，你的家不是我可以隨便進入的地方。」他輕笑一聲。

「爲甚麼？」我大惑不解。

「沒這種福分。」他的臉忽然塗了一層憂傷。

***

接下來的兩個月，哥不在，我沒有了到Once In A Blue Moon的理由。下學期開學時，我任由身體變得虛弱，不管控制不住軀殼的痛苦，沒有愛的能量也好，也不想再從那些女孩身上得到那些沒重量的愛情。老教授看我那樣，又是痛心。

「看了你的文章。你真的很像我的兒子。」他拿著我的文章，上面一字一句都刻滿我的戀愛故事，縱然字裡行間加插了許多超現實的幻想，然而有時痛苦，有時歡樂的情節卻是寫實不過的事。

「你兒子多大？」我好奇地問。

「三十五歲，太太在她三十歲那年生下他的。我的兒子是一位小說家，也許是受了我的薰陶罷。」他走向書櫃挑出一本書。

書的白色封面上印著一隻畫得很精細的蝶，我接了他遞過來的書，那一秒我像進入了老教授的身體，我感覺到他對兒子那無法衡量的愛中蘊藏著無限的悲痛。書上刻著作家名字，大概是筆名罷，我一直沒察覺它和老教授有任何關連。

「當兒子興奮地告訴我，他的第一本書定名為《批判夢蝶》，我便知道他不是商業作家。他說他喜歡談政治，喜歡透過文字審判這個世界。這本小說是他二十五歲時寫的，封面是他畫的，他得到母親的遺傳。」他說畢，驀然沾了口咖啡。

「至於你的文章，我可以把它們發表嗎？在出版界我是有些朋友的。我希望有更多人可以閱讀你的文字。」老教授繼續說。

那日我興奮地答允，如是者，我的第一本散文集在下學期中面世，那期間我孜孜不倦的寫作，時間並沒有因為沒有可愛的人而浪費，或許是，那時的我愛上寫作，近乎自閉地把自己關起來寫，也算是喜歡一種東西的感覺救活了我。

當我以為日子會繼續平淡，我的命運卻在大學二年級時改寫，那年我愛上一個不應該愛的人，還犯了在地球執行任務時絕對不能犯的錯。

Chapter 4

4.1

眼前的記憶殘像是一棟在當地被列爲保護文物，極具特色的十七世紀建築物，全白色大里石設計的古建築，由古至今吸引過億名旅客慕名到訪，然而那日我並非和其他旅客一樣是爲了參觀它而來，我當然另有目的才花了不少唇舌說服我的藍月大哥，陪我在炎熱的夏日下，穿上一身整潔的禮服去那裡。

「是老王子嗎？」哥皺起眉頭問。

將要讀大學二年級的我軀體還在成長，我變得和哥差不多高，肌肉也比中學時發達，那日我站在西裝筆挺的哥身旁，彷彿我和他是眞的兩兄弟。在藍月星球時，我從未曾感受過這種肉體性的相似，地球就是有這種神奇的物質現象，有的相似性源自生物規格式的基因遺傳，而情侶之間的外貌相似，則被地球人假定爲緣分的一種表徵呈現，有時候我懷疑是否朝夕相處改變了他們的細胞？

不過我不太懂。在藍月星球，我們沒有肉體，被帶回藍月的地球人也只剩下靈魂，愛與不愛，已不是用眼睛來判斷的事，只能用心去感受。對當時的我而言，錯愛了幾次後，明白到在地球的戀愛領域，眼睛似乎是一個製造戀愛指令的器官，然而愛一個人豈能單單愛她的外表？閉上眼可以找到眞愛嗎？

「對，是我提及過的教授。」我接過年輕的接待員遞過來的小冊子。

「他在生氣嗎？」哥很猶豫地問，他的眉頭再緊緊一皺，一副困惑，似乎終於在地球有東西是可以難倒他的了。

「是。」

我們一同聚精會神地閱讀手上的小冊子。

「畫家以其細膩嫻熟的筆觸，畫出她丈夫情感最惱怒爆發的一刻，這幅畫作是畫家最在意的作品，同時也是當代畫壇上最受推崇的畫作之一。」我在輕聲朗讀小冊子上的簡介。

「畫眞是一個我無法理解的領域。」哥說。

「平常人理解這種畫是有一定的困難度。」

「怎麼說？」

「譬如說，要把一間屋或一棵樹如實地畫出來很容易，一般人只會欣賞這種以具象手法表達的畫。這是很平常的事。」

「原來我也是平常人。」他頻頻點頭。

「這幅畫在表達一種情感，一種或許是一瞬即逝的情感再現，而這種怒氣由她深愛的男人身上突然爆發出來，單看色彩的運用，就感受到她大概是在一個痛苦萬分的情況下畫出這幅畫作。」我一邊無意識地說，一邊怔怔地注視著放在臺上的畫。

哥呆住了，一臉錯愕。

「有那麼嚴重嗎？我只看見紅色紫色的油彩一堆一堆的黏附在畫布上。」哥說，我聽見他的話，失控地咯咯大笑。

「教授的太太眞的很愛他，你知道嗎？愛一個人可以簡簡單單地畫一個心形來代表愛這個概念，但那只是一個符號罷了，當中並不眞正包含任何有質量的情感，也就是說，有多愛呢？畫大一點的心形能夠表達嗎？畫家的表達方法卻好得無法形容。」笑罷，我認眞地說。

突然間，我的靈魂彷彿被那幅畫吸了進去。

「想不到你對藝術有點認識。」他又習慣性地輕撫我的頭。

「我喜歡藝術。」

「似乎這是你的天分，看來你不只是一條書蟲。」

「當然。不過，書也是一種藝術品。」

「可惜我眞的看不懂。」

「這幅畫作被那位富商收藏了三十年。」

我指著站在臺前神氣十足的光頭富商，他的身體胖得和一頭豬沒兩樣。

「這幅畫在三十年前的一個拍賣會公開過一次後，就一直沒有對外公開過。若不是他要爲名下的孤兒院籌募經費，也不會用這幅畫做噱頭。可以看到這幅畫眞是一種千載難逢的榮幸。」我繼續說。

「不知道今天哪個富翁有錢沒地方花，買下這幅一堆紅一堆紫的畫。有趣，有趣！」哥笑著道。

記起他那日的表情，到了現在我還可以笑出來，十二個寒暑前傻氣透頂的我，還眞的是甚麼都有勇氣幹。

拍賣官開始拍賣。不出一會兒，拍賣聲此起彼落，來到會場一直被它吸引著，還不知道當場如此衣香鬢影，名流富豪薈萃一堂。這幅畫要被這些不懂欣賞的人收藏嗎？三十多年了，大概在她逝世前幾年畫的，我仍能感受到那一刻的情感，那種張力實在強大得可怕。然而，老教授不像對太太發脾氣的人，到底有甚麼鬧不清的事使他發怒呢？

聽見拍賣的聲音如此澎湃，我陷入苦思，腦中一片混亂。

「可以買下它嗎？」我鼓起勇氣問哥。

哥驚愕地盯著我。我倆沉默片刻，拍賣會依舊熱鬧。

「給我理由。」哥終於開口說。

「我不得不承認愛一個人時，我總是沒頭沒腦，愛就全心全意去愛，沒有想過別的。若那個人同樣地愛我的話，那會是一件多麼美好的事。可惜我沒有運氣，到現在仍沒法返回藍月。看見老教授和他太太那麼相愛，更願意爲了他們的兒子放棄作爲一個王子的任務，看見他們那顆眞摯高尚的心，是人世間難能可貴的愛，可以爲老教授做一點事不好嗎？」我說。

望見舉手投標的老翁，我的心急切了，拍賣已開始十分鐘，我意料不到競投那麼熱烈。

「是相愛嗎？但他的妻子對他不忠。」他冷笑。

「他們之間是相愛的，我可以肯定！」我有點激動，或許是受在場的熱鬧氣氛所影響，每舉一次手，哥會買下畫的可能就相對減低，他卻雙手合攏，滿不在乎似的，那種姿態竟蠻有姐的影子。

「藍月王子可以生育嗎？用這個軀殼是絕對不能有小孩，你應該很清楚這一點。老王子在矇騙你，也在欺騙他自己，他的妻子根本和別人有染，這是唯一的合理解釋，有時候這種邏輯是逃不掉的。」

「我不知道當中發生過甚麼故事，不過看到這幅畫作，我可以肯定他的太太很愛教授，她的愛甚至比老教授愛她的還要多。」我盯著放在臺上的畫，拍賣的主持又仔細地介紹著，務求更多人投標。它有一種張力，我被吸進畫的世界，在畫內我看到一個答案。

「若眞的愛一個人，根本不需要理由。」我堅定地說。

哥望著我，嘴角微翹，右手高舉起來，拍賣會主持立刻高呼新的拍賣價目，全場轉身望向我們。

4.2

開學的第一天，我在家裡把畫從新包裹。畫很大，和我一樣高，寬度和我的臂長差不多，僅僅比一道門小一點兒。對於包裹我從不擅長，結果花了大約兩個小時才把它包得像樣一點，然後帶它返回大學，並非常謹慎地搬到老教授的辦公室。

在他的辦公室，我叫他親自把它打開。老教授看見那幅畫時先是驚訝，然後抱著它失聲痛哭了很久很久。我決定不發一言，慢慢地步出他的辦公室，讓他一個人陪伴那幅畫。輕輕地關上門，把門柄上的牌反轉，「不在辦公室」五個大字立刻肅立在門前，守護著老教授。

我站在門外，作了一個深呼吸。老教授一直強迫我早上來找他，那時我還沒有真正留意到校園的空氣可以如此清新。

「新的一天。」我仰望天空說。

不知道地球是不是一個依循因果關係而運作的星球。幫忙老教授後，我感到前所未爲的愉悅。誠然，我確信地球上沒人比他更需要那幅畫，即使它落入任何一個富豪手中掛在豪華的大宅裡都是一種浪費，而恰巧哥是個不計較金錢的人，畢竟他家的生意多不勝數，加上他當醫生賺取的錢總可使他輕易買下那幅畫，怎麼說都比他花在任何一個無謂的女性身上更具意義。

＊＊＊

「老王子也是個糟透的藍月王子。」那日成功在拍賣會中買下畫的哥對我說。

「是嗎？你可是個超帥的藍月王子！」我欣喜地說，說的時候雙眼不禁笑得像兩線灣月。

「不用說好話，不是買給你的，幫我送給老王子吧！」他又慣性地輕拍一下我的頭。

「遵命！包在我身上！」我拍拍心口說。

「你也是個糟透的藍月王子！你最近好像多了點能量，談戀愛了嗎？」他上下打量了我一眼後好奇地問。

「祕密。」我故作冷靜地回答。

我和哥之間立刻被一道名為靜謐的大牆阻隔著，「祕密」這個名詞有著把地球人隔離的魔力，然後他粗暴地打破靜謐的牆，把我的祕密抓出來，而他絕對意料不到，他的祕密也在不久的將來被我揭穿。

「我要把這幅美麗的畫燒毀，大概會很奪目耀眼。」他冷酷地說。

然後在眾目睽睽下從褲袋裡掏出火機，慢條斯理地走近正被工作人員包裹的畫作前，再點燃了火機，我的心寒起來，便飛快地擋在畫作前，一手抱著畫作急步逃跑，哥也敏捷地追了出來。

「好吧，說就說！我有戀愛對象了！」站在白色的古建築前，我喘著氣說，他又一次逼供成功。

「快說重點。」我被他威逼的眼神緊盯著。

「我說的是對象，不是眞人。」我極細聲的說。

「甚麼？」他以難以相信的語調問。

「我把愛投放在電視節目的女主持上，便不用去 Once In A Blue Moon 胡亂地找愛我的女人，同時又可以從愛一個陌生人的感覺中取得一點能量。」我尷尬地說。

「你眞是全宇宙最糟糕的王子！」他聽了又是氣瘋。

「是創意！至少這樣是安全的做法，況且又不會傷害任何人。」我辯駁道。

談戀愛從來不易，不是嗎？

二十歲時的我堅信只要繼續努力生存，便可以找到屬於我的她，爲了生存，我每晚便看一看動物星球的節目，觀看女主持的歷險故事，變成我的生命寄託，半年，效果不錯。

***

離開老教授的辦公室後，我踱步到位於音樂大樓後的花園，除了圖書館，這個花園可說是我另一個享受寧靜的空間。在花園的長椅上，我抬頭仰望蔚藍的天空，潔白的雲被風吹趕，絞成一團形態像堡壘的雲，望著那雲朵使我憶起在藍月星球的堡壘。它沒有形狀，請不要用地球的認知去想像，它之所以是藍月星球的堡壘是因為那處是我們用來崇拜宇宙力量的神聖地域。按照藍月星球的曆法，每年的四月九日，全星球的王子會聚集在堡壘，感受宇宙萬物之間的連繫，從中得到生存的能量。

而堡壘旁的不遠處有一片大大的空地，在地殼上長滿了藍月星球唯一的花，我們稱它為瑙懊絲。它長得仿如地球的雪晶，就是水分遇上寒冷天氣時，形成六邊對稱的那種片狀雪晶。大大小小的瑙懊絲布滿空地，眺望過去它們形成一片淡藍色的水晶花田。每次有王子凱旋回家後，便會牽起氣流，帶動雪晶似的花隨風飄動，一望無際的花田瞬即叮叮作響，這些聲音是對給回家的藍月王子和他的愛人的一種祝福。

「這是地球。」我望著滿天白雲喃喃道。

我的聲音和遠處飄來的叮叮聲忽然起了一種共鳴，我的身體不由自主地跟著聲音走，我穿過花叢，走過布滿許多天使雕塑的水池後，追隨聲音去到鬱金香的花園，其時看見一位女同學蹲在地上，凝神注視著一片翠綠瀉青的葉子。

「在看甚麼?」我被好奇捲進她的世界。

她的頭稍微移動到我站立的位置，並輕輕地瞄了我一眼。

「水。」她說，聲音異常熟稔。

「兩份氫愛上一份氧，便融合而成這點水。」她低著頭說。

我隨之看了看黏在葉子上的那一點水，然後學著她那樣地盯著它。

「不能多，不能少，若多若少它都會消失。」我無意識地說。

她站立起來，望著眼前的我微微一笑，那一秒，我確信地球是一個依循因果關係而運作的星球。當老教授還在校園的另一邊抱著那幅畫作痛哭的時候，我的雙眼把眼前這位女孩的景象傳送到我的大腦，當下我認知到站在我面前的這位地球人是誰，我的視線無法移離她的目光，像宇宙的萬誘引力一樣深深地被她吸引著。

她，當了我的能量來源半年。

竟眞實地以一種面臨崩潰的狀態出現在我的面前。

「或許這次我離開得太久，他才會愛上別的女孩。」她說，她的身體劇烈地顫抖。

接著我也得悉到當一個男人愛上兩個女孩時，便製造成她臉上的兩行淚水。盯著淚滴無情地奪眶而出，我的心感到一陣陣絞痛。

「拿著。」

我遞了一張手帕給她，她頭也沒抬的接過手帕後，我倆默言無語地坐在長椅上，天空上像堡壘的雲還在。

「沒有預計過他會愛上別的女孩。而且眞相並不是他親自告訴我的，你知道這種感覺是怎樣的嗎？」

我搖搖頭。

她對著我這個陌生人，毫無芥蒂地把心中的傷痛告訴我，而我便選擇耐心傾聽。她手腕上的銀色手鏈懸垂著一個小小的巴黎鐵塔掛飾，是它的響聲引領我來到鬱金香花園找它的主人。我緊觸著放在褲袋裡的巴黎鐵塔鎖匙扣，它是我十五歲時空中小姐送給我的禮物，彷彿是用我的一根指頭換來的紀念品。

「他說最愛的人是我，吻別的女孩只是因爲好奇，因爲喝了酒，因爲一時衝動，不是愛。我可以相信他嗎？」她問。

「你很愛他嗎？」

「是。和他開始差不多半年了，不是第一次了，每當我要工作不能在這裡太久的話，總會有事情發生。這次我到了南非工作，看見許多企鵝，便想起他。你知不知道企鵝是大自然界中實行一夫一妻制的動物？」

「像天鵝一樣？」

「對呀，牠們找到另一半後，便會和牠組織家庭，然後共渡一生。上星期我在南非，看著牠們一搖一擺的從海中步進沙灘，十分可愛。然後我看見回家的企鵝小心翼翼地把食物由牠們的嘴，交到小企鵝和伴侶的嘴，這種連繫使牠們的生命連結在一起，這完完全全是愛的表現，不僅是為了生存。」她說。

她的大眼睛泛起閃爍的光，看著她，她的身體彷彿也發出閃耀的光。

「有時候地球的動物比地球人更懂得愛。」我把真心話吐出嘴角，腦中浮現 Once In A Blue Moon 裡的地球女人。

「難度你不是地球人？」她咯咯一笑，清脆的笑聲穿破我軀殼內的細胞，忽爾有股奇妙的能量貫進我的左手食指，我立即把手放進褲袋，緊握著空中小姐的鎖匙扣，能量粒子的亮光漸漸從那食指的尖端位置滲了出來。

「你收起甚麼？」她問。

我的嘴巴使勁地緊貼成筆直的線，不能說謊，不懂回答，臉上的肌肉被冷凝器凝結了似地使我整個人動彈不得。

「你眞古怪。」她又笑了笑。

我沒有本領撫慰傷心的她，腦海只記得那條被割去魚鰭的鯊魚，她說過生存不用傷害無辜的生命，使我憶起藍月王子爲生存而製造的祕密基地。

「你有興趣到一處有趣的地方獵奇嗎？」爲了轉移她的視線，我特意問她。

她的頭稍微一傾，有一點橙紅色的花粉飄落到她嬌小的鼻端，我隨即掏出手把它輕輕一抹，我的一顆能量粒子從我的軀殼逃跑出來，飄浮在空中，微風把它黏在花粉上，緩緩地向上空飛舞。她挺直身，大大的眼睛像狙擊手那般追視著發光的花粉，並試圖捕捉它們。

「不要走！」她輕輕惋歎。

有些東西是觸不到的，看見了，烙在心就好。

4.3

「你有試過一見鍾情嗎？」我在老教授的辦公室問他。

「有。」他說，忽然咳嗽數聲，那天看來，老教授的頭髮比平日更花白無光，臉上的皺紋也密密麻麻的，縱橫交錯，彷彿老了三十年。

「是你的太太？」待他停止咳嗽後我問。

「是。」他輕輕地點了一下頭。

「她很幸福。」

「我十五歲時愛上這個地球人，她是我讀第九班的同班同學，她呀，她有許多追求者。中學畢業後，她還成了一位非常出名的職業畫家，是天分，她的作品在她很年輕時，已受到藝術界的高度評價。」

「你有保存她的畫作嗎？」

「都賣掉了。」

「為甚麼？」我驚訝地問。

「在三十歲時她得了抑鬱症，要醫治那個病的費用相當昂貴，不得不把畫作一一賣掉。」他語調平淡，然而不知何故，我感到他的陣陣憂傷。

「很可惜。」我說。

老教授輕輕歎息。

「看她畫畫是我人生中最享受的事，她很會捕捉一瞬即逝的感覺，你看了她的畫也知道那感覺是最難捕捉的，許多人花了一生都捉不到，像愛情一樣，她的畫作就是有這種超脫色彩線條的魔力。」

「她的畫的確很與眾不同。」我說，老教授滿意地點頭認同。

「記得有個早上，雨剛停息，她弄了早餐後，便執起畫筆，我一面吃早餐，一面欣賞著她的姿態，她全神貫注在畫布上，忽然轉身望著我，莞爾而笑，好像告訴我她有多愛我，我們並沒有對話，只是默然對望，那刻永遠在我心中。」

「愛，其實不值得我這麼害怕吧？」我望著白色的天花板，一隻小小的杏色飛蛾在牆角飛翔。

「你害怕是因為你遇過的她們並不是命中註定的愛而已。」他拿起放在桌上的白色相架，輕輕抹擦，彷彿要抹掉甚麼似的，他的手很大，滿布皺紋，手每移動一下，手背的皺紋都泛起一次漣漪。

忽然，霹啪一聲，白色的相架掉在地上，老教授那隻如灰熊似的手掌往心臟處緊按。

「沒事嗎？」我急忙的往前攙扶他。

「沒事。」他深呼吸了一下，寬大的手掌仍緊捂著胸口。

***

一隻雪白的小巧的手緩慢地輕撫著灰色的石牆，手的女主人全神貫注地看著掛在牆上發出靛藍色光的白蠟燭和那條幽暗的中世紀裝潢樓梯，她那雙大大的眼睛總是充滿好奇。

***

失意的她和我來到 Once In A Blue Moon，那個晚上的月亮分外皎潔明亮，我坐在車上望著剛上車的她，黑色的晚裝裙，簡潔的設計令她的身體線條以近乎完美的方式，在我眼前綻放光芒。我屏息凝氣，到那一刻我仍未能相信，在電視節目裡穿著墨綠色軍服的女主持是身旁的她，在現實世界中，我體悟到幻想與眞實兩者的距離和矛盾。

「第一次和他約會，也是他帶我去酒吧的。」她說。

「是嗎？」

「然後便和他一起了。」

「那晚你喝醉了吧？」

我無法想像這麼漂亮的她爲甚麼會愛上那個地球生物，不是酒精的法力，他們的戀愛大概不會開始。

「你怎麼知道的？」

「直覺。」說是直覺，準沒錯。

她沒有回應，盯著她，我想起那條鯊魚。

「這是你說的獵奇嗎？」她問，然後在木門前止了步。

「對。」

喜歡的她活生生地站在跟前，我清楚感到自己的軀殼無法適應，下車後我努力控制著和她保持一個身影的距離，我知道只要踏近一步，便會被她吞噬。

「Once In A Blue Moon？哈，Every now and then，不錯的名字。」她望著藍色的霓燈說。

你知道嗎？其實所有相遇都是一種非常珍貴的偶然，就像在地球上看到藍月星球般那樣困難。

每當太陽和月球產生神祕引力時，遠方的藍月星球便會隨之奏出萬物間最奇妙的共鳴，然後藍月的光芒就會投射在月球上，只有在地球的藍月王子和命中注定屬於王子的女孩們，方能看到藍色的圓月，那是一個月裡出現的千載難逢的第二次月圓，其或然率之微固然可以想像，就如同要找到命中屬於我的她一樣，緣分總是一瞬即逝，錯過了或許一輩子都看不見，找不到。

「這裡面會有野獸嗎？」她問，發呆的我定一定神，那刻赫然發現她已經打破我刻意製造的距離，站在我的身旁。

「或許，視乎你如何定義。」我假裝淡然的說。

「好像很有趣。」

盯著她似水磊然的大眼睛，還有她那纖長捲曲的睫毛，眞是一張美得無可挑剔的臉，她是我見過的地球人中，最漂亮的一位，直到現在仍是這麼認爲。然而，她的美和空中小姐或楓葉少女不一樣，在她的眼裡，我發現她的純眞和善良，她是一隻害怕再被傷害的小白兔。

「這晚我也要喝醉。」她忽然在我的耳垂溫柔地說。

她的聲音傳進我的耳膜後，立刻使我動彈不得，她看著木訥的我笑了笑。

「說笑而已，別甚麼事都一副認眞的樣子。」她往後退了一步，然後微笑著說。

我的臉變成赤紅一片，久違的羞澀被她這種親密的行爲啓動了。我機械似地推開木門，和她一步一步的往下走，爵士音樂漸漸潛進耳邊。

***

環顧四周，並沒有發現哥的蹤影，方記起他說過要到阿根廷工作一星期。

「這裡有甚麼特別？爲甚麼你說是獵奇？依我看，這裡只是裝潢得比較華麗。」她輕盈地跳上高椅，然後好奇地問道。

因爲酒吧已坐滿人，我們唯有坐在吧檯前。聽她那樣一問，我便四處張望，然後指著舞池中一個俊朗不凡的男人。

「他不是地球人。」我說。

「甚麼？」她的眼睛立刻睜得略大。

「這個也不是。」我說。

我一個接一個的指著 Once In A Blue Moon 裡的男人，她的目光跟隨我的指頭移動，最後落在我身後的胖男孩。

「他也不是？」她充滿疑惑地問。

的確，他們不是地球人，他們和我一樣是藍月王子，而那個異常肥胖的王子更是我們之中最另類的一族，他刻意選擇把自己的地球軀體變成那樣，也刻意把自己弄得一貧如洗，結果在地球生活了三十五年，連一次戀愛的經驗都沒有。

「你眞古怪。那麼……你是地球人嗎？」她繼續問。

「不是，我是從很遙遠的星球來這裡的。」

她搖著酒杯，冰粒像風鈴般發出清脆的叮叮聲。

「爲甚麼要從遙遠的另一國度來這個星球？」她問，然後倚傍著吧檯，她的每一下動作都攝動著我的心。

「爲了帶你回去，回我的星球，我的家。」

面對著喜歡的人，可以不坦誠嗎？我情不自禁地說出無法收回的話。突然，我的回答變成魔咒，使她的眼睛閃爍地彷似在說話，可惜我還未弄清它們要對我說甚麼，她已開口問了一個關於水的問題。

「那麼……不是地球人先生，你知道當冰粒遇上攝氏三十七度後會怎樣嗎？」她說畢，便把酒杯裡的冰粒喝進口，然後傾身靠近我，她的唇便印在我的嘴上，一股冰冷的感覺流入口中，冰粒迅速融化，變成地球人稱爲液體的水。

我想起在花園碰見她的情景，黏在葉子上的那點水，卻在這瞬間由她的眼眶流了下來，哭泣的她失控地親吻著我，我輕移身軀，站在她面前，緊緊地摟抱著她，雙臂纏著她纖細的腰，她的乳房壓在我的胸膛，我體內的血液急速升溫，久違的戀愛感覺再次以幾何方式在我體內漫延。

一個把時間停卻的吻

兩個寂寞的人
四片緊貼難分的唇
此時
此刻
她和我
融化成兩股糾纏不清的靈魂
「從沒有男人像你這樣。」她說，她的手冰冷地把我推開，我和她分開了，卻無法再退回前一刻的距離。
「甚麼？」
「爲了帶我回家而要這麼富創意的技倆。」
是嗎？
不應該說的一句話，因爲愛，吐出口了。
「我很喜歡你。」我說，嘴唇滲著彷彿似玫瑰花味的香郁。
Once In A Blue Moon 裡混濁的空氣因爲這一句話而被凝固，起勁跳舞的胴體都一一停頓下來，我被她的雙眼吸進一個無限的宇宙，在那裡我望見閃爍的銀河星宿。

「他從來都不會對我這樣溫柔細心，但他很會說話，滿口甜言蜜語，似乎那些女孩和我一樣，被他的話迷倒。」她說道。

她的話打破我的宇宙，星星都散落在地上，音樂依舊，地球的，藍月的，不知名的物種也是，跳舞的依舊跳舞，親熱的依舊親熱。

「是嗎？」我一口喝光杯裡的烈酒，心中感覺酸溜溜的，視線便向遠處降落，我不想直視她的眼睛，彷彿她就在那裡。

4.4

我確切知道這種感覺是甚麼，很久以前，空中小姐也曾經使我這樣的，感受戀愛的酸溜溜。盯著眼前的記憶殘像，赫然發現當時的我有點不尋常，那刻我並沒有暈倒，大概是我的地球人軀殼已習慣了因愛而生的痛苦。

可惜，當時我情願失去知覺，也不願假裝關心她和那個男人之間的感情問題，你知道嗎？裝作若無其事，還要細心傾聽自己所愛的人談論她的另一半時的感覺，比千刀萬剮還要痛。

***

「噯！你又在發呆？」

我定一定神後，依然呆若木雞的望著哥。

「你怎會出現在我家的後花園？」身穿睡衣的我帶點訝異地問。

「今天天氣真好。」他笑了笑後回應道。

「你還沒有回答我的問題。」

「這不是我的問題。」他說。

看著他完美的俊臉，很想一拳打過去。

「好了，誰開門給你的？」我問。

「我爬進來的。」哥指著花園盡頭的圍牆說。

有時候我真不能理解他，到底我和他是不是同一個星球的人？當我仍在感慨之際，哥一手採下我親手栽種的花。我盯著他那張完美無瑕的臉，不禁揮拳打了過去。

「你種的？」他一手接著我的左勾拳後說。

「非常明顯。」我說，並提高了我那隻拿著一把小泥鋤的右手。

「在種甚麼？」

「紫玫瑰。剛好種了一星期。」

「一星期？」哥驚訝的說，然後非常生氣地說，「你發瘋了？不要給我猜對！」

他手上的紫玫瑰在閃閃發亮，我點點頭。

「一點點。」我說，並遞起手指頭。

「她是甚麼人？」

「只是一點點。」我盯著指頭。

「你不說的話，我就要變身做摧花賊了！」他快速地拿起躺放在地上的大剪刀。

「好了，你不逼我，我都會告訴你。她是那個電視節目的女主持。」

「我的天呀！你竟然爲了一個活在電視裡的地球人，耗費藍月王子的能量來種這些花？你是不是有點兒過分了？」他氣瘋地說。

我默不作聲，嘴角卻前所未有的向上揚了一下，那種奸笑，是爲了隱瞞戀愛的甜蜜感覺才會出現的。

「不行！不行！我現在就要帶你去看心理醫生！」說畢，他使勁地抓著我的手腕。

「我遇見她了，她，她是一個眞眞實實的地球人。」

他怔視我堅定的眼。

「在學校裡，我和她相遇了，原來她是我的同學。」我露出勝利的微笑，哥的臉完全地變了。

「你眞是出人意表！是緣分呀！你要好好珍惜這個動物主持呀！」

他雀躍得像個小頑童般，到底迷戀他，把他當偶像崇拜的地球人，有沒有見過他這副模樣？

「你們是情人了嗎？」他問。

「還不是，她有男朋友。」我搖搖頭道。

他的臉色忽然一沉，像跌進大海似地緊緊執著剛摘下的玫瑰。

「你這樣是違反戒律。」他嚴厲地說，嘴唇還激動得稍稍顫抖。

「我知道。」

「我不是指這些花，你明白自己在幹什麼嗎？」

「我當然明白。」

我並沒有忘記這條戒律，在藍月星球時，經常聽到凱旋回家的王子們對著年幼的王子所說的戒言，當中最不能違反的就是戒律第 906 條——偷愛是罪，犯上這條罪的王子會被妒火灼死。

「她不可能同時愛上兩個男人的，你應該知道吧？」哥激動地問。

「我知道。」

「這種複雜的戀愛會把你推向死亡，你也應該知道吧？」

「我是知道後果的。哥，當愛萌芽了，有那麼容易枯萎嗎？」

她吻過的不只是我的唇，還有那顆失去戀愛能力的心。

＊＊＊

接下來的星期日，我送了九千朵紫色的玫瑰花給她，作為正式追求她的禮物。因爲它們，我的確消瘦了一點點。面對著眼前的玫瑰花海，深紫與淺紫片片交織，像穹蒼上的千抹晚霞。那一刻，我並沒有想起藍月星球上，如冰晶一般的瑙懊絲，也沒有想起從前所愛過的地球人，因爲站在我面前的，除了是一片花海，還有這個女孩。

當下我感受到她的美，像不屬於地球一樣，略大的眼睛總是閃閃發光，像靜寂湖水被清風輕颭的漣漪一樣，含羞地舞動，使我無法不動容。從她的雙眼，我看見一位女性的善良與單純。她彷彿以魔法攝取著我的靈魂，結果我又一次不經思索地問了那個問題。

「可以當我的女朋友嗎？」

曾經戰戰兢兢地問過兩次，那一秒感覺卻並不相同，我渴望她百分百地成爲我的人，被我完全占有。

靜默片刻，風輕輕地撫過她手腕上的巴黎鐵塔，叮叮聲依舊清澈。

「可以。」她說，然後報以甜蜜的微笑。

我把她抱入懷中，玫瑰花香再次黏在我的唇上。我深深知道要愛上這個女孩，是需要付出沉重的代價，然而我沒有計算後果，我只知道這是一個押上性命的決定。

「你是這地球上最美麗的人。」我在她耳邊喃喃淺說。

「是嗎？」她凝神注視著我。

「是的。若說謊的話，我會化爲灰燼。」

「我可以相信你嗎？」

「可以。我不會欺騙你，我會永遠守護你，照顧你，不會讓你受傷害。」我堅定地吐出一字一句。

那次是我人生中，第一次對一個女孩作出如此重大的承諾，同時地，我也是如此希望把她據爲己有。

「你可不可以和他分手？」

我難掩心中初生的一絲妒嫉，問了個不該問的問題。

Chapter 5

5.1

「給我一點時間，可以嗎？」沉默片刻後，她終於開口說出一句問話。

「可以。」我的心忽然一酸。

她，還愛他罷？

「我會跟他說清楚。」她低著頭說，纖細的手不其然地向耳垂輕輕一撥，一股香氣由她的頸項撲向我的鼻。

「好。」我深呼吸了一下，沒法看清楚她的眼睛，到底那刻，她在想甚麼，我不知道，也不想幻想。

「若果可以的話，在大學裡，你可以當不認識我嗎？」她問道，然後皺了皺眉，平日天真善良的她不見了。

「對不起，給你添苦惱。」

她默言了，望向天際，明眸忽爾閃爍，她是一個神祕的女孩。

那刻，我不知該怎麼說好，理性並不存在於我對她的愛，從來沒有。尤其她身上散發出的那一種香氣，簡直是麻醉我理性的凶器。

「說到底同學們都知道我和他是情人，我不希望他們誤會我是個隨便的人。」她淡然說道，我以沉默回應。

「你當是試驗期，三個月後我們才公開關係，好嗎？」

「可以，只要你舒服便好，可以和你一起已經是這宇宙裡，能夠發生的最幸福美麗的事。謝謝你。」我緊捉著她的雙手說。

「你眞奇怪。」說時，她又變回天眞可愛的女孩，還是微笑更適合掛在她的臉龐。

「我是眞心喜歡你，很喜歡，很喜歡，很喜歡你。」我望著她說。

「傻瓜。」

「能愛你，已經是我的福氣。」

沒有多餘的對白，我把她抱入懷內，撫弄著她長長的秀髮。儘管那一刻，我的心絞著痛，她都不需要理會，不需要知道，或許這就是偷愛的痛楚，可惜只有那樣才可以換取她的愛，是嗎？

接下來的一個月，我依順她的意願，當了她的祕密情人，而這個祕密是屬於我和她的，連哥和老教授都不知道，她已經是我的女朋友。背負著這個祕密，對那時的我而言，充滿新鮮感，彷彿明星偷玩的地下情。爲了她，我努力地保守著祕密，並逼使自己好好地陶醉在這段關係上，我知道過多的憂慮會令她終止這場戀愛。

在學校裡，即使偶然我倆會碰面，卻要扮成不認識的樣子，最初的幾天過得還不錯，放學後，我們都會約會，逛街、看電影、到沙灘看日落、到我的家看日出，快樂是屬於兩個人的，不需要和任何人分享。可惜，所有的祕密背後，往往隱藏著一個不能曝光的原因，然而在這個宇宙，光總會有辦法找到藏匿在黑暗後面的一切，儘管它的方法或許殘酷。

***

「我感到這裡有股奇怪的氣。」哥神色凝重地說。

「甚麼？」我憂心地問，最近哥的行徑似乎越來越怪。

「我是認真的，有股煞氣在漫延，你感覺不到嗎？」哥握著酒杯，杯裡忽然翻著紅色巨浪。

「好像是。」我閉上眼，用心感受他說的那股奇怪的煞氣。

「快！先躲進人群裡！」哥說，並快速地把酒杯放上剛踱過的服務員托著的圓盤上。

我們穿進這群忙著炫耀剛標得拍賣品的城中名流富豪，他們一邊把葡萄美酒灌進口，一邊又忙碌地從口裡吐出迂腐詭譎的話，典雅的古典樂和他們的話語似乎在空中極不協調地起舞，我和哥迅速地穿越他們，踏上白色雲石的樓梯，從二樓的走廊，一直急步走到弦樂隊所處的二樓露臺，我們躲在大提琴師背後，俯瞰在下層拍賣廳的一堆迂腐名流。

「似乎是他們。」哥說。

我瞟了哥一眼，便依他的視線往下看。

「哦！是他們。」我看見他們正站在深藍色的巨型鋼琴旁，鋼琴家正演奏著貝多芬的Moonlight Sonata。

哥和我剛剛在拍賣會上，又一次成功標下老教授太太所畫的畫作，然而這次的競標格外激烈，那幾個男人彷彿誓要投得那幅畫作不可一樣。

「眞是的，爲了你，我似乎得罪了這幾位地球人。」哥說，他輕藐的眼神，一貫地不可一世。

「你不會在乎那些人。」

「說的也是，而且我最喜歡爭贏的感覺。」哥鬆了鬆他闊大的肩膀驕傲地說。

「這就好，我謹在此代表老教授，向您報以無限的感……」

「慢著，那個男人，我好像在哪裡見過他？」我還未說畢，他已指著遠處問道。

「誰？」

「他。」哥指著其中一個男人道。

那個男人大約五尺六吋高，全身長滿膩肉，身穿黑色的禮服，米白色的襯衣緊緊地貼在他的肚腩上，顯得他格外肥腫，他的肚腩直壓著他的褲頭，連皮帶都看不見。我往他的臉看過去，也是噁心，他的臉像被一碗血紅色的豌豆倒了上去一樣，一片爛溶溶。

「是他！上星期我在南非工作時，見過他。」哥恍然地說。

「你竟然對雄性生物留有印象。」我諷刺道。

「當然不是，我記得他，因爲那日他和你的動物主持在一起，他是她的男朋友呀！」

「你說甚麼？」我故作冷靜地問。

「你知道她有男朋友，不是嗎？她和男朋友去旅行有甚麼特別呢？那日見他們卿卿我我，牽著手在街上漫步，好不浪漫。她笑得非常甜美，眞是美人！難怪你看她的節目竟可以得到一點點生存的能量。」

「我才是她的男朋友。」我說，兩排牙齒不停的顫動，我像一個受驚的小孩，身體完全不受控制，我的耳珠竟開始泛起藍色的光，活像一顆寶藍色的耳環。

「What？」哥訝異地問。

「我是她的男朋友。」我無意識地重複回答著。

「Jesus。」哥無奈的拋下一個地球人的名字。

「一個月前，她已答應當我的女朋友。」我說，鋼琴家還在演奏著貝多芬的 Moonlight Sonata，琴聲卻在我的世界逐漸消失。

空白

一片

哥怎樣把我抬回家的，整個過程我一點印象都沒有。當我醒來的時候，已躺在床上，四肢乏力，耳珠依舊冰冷，我知道我的能量快要溜走了。地球人擁有軀殼，對我來說實在是最大的折騰。幸而我還沒有死掉，能量粒子也沒有消失，我檢查了自己的軀殼，完好無缺，奇蹟嗎？不，似乎是訓練有素罷，被地球人所傷已變成經常發生的事，我不是變得堅強，而是身體適應了戀愛帶來的苦澀，患得患失，漸覺平常。

是不是所有事情都有苦和甜，沒有一個中和點？戀愛也逃不出這個定律？或是只有遇上對的人，才可以超脫這種快樂，過後便是無盡痛苦的循環？我望著天花板，把她在一個星期前說過的話，狠狠地抽出來，嘗試作一作理性的分析。

她，是怎樣毫不眨眼地說了一個謊話？

「我明天要到布達佩斯，在歐洲定居的哥哥說有些要事，想我過去一趟。」她說。
「是嗎？要離開多久？」我問，不能見面的話，我會有多想念她呢？
「大概一星期，視乎情況而定。」她望著穹蒼上的白雲，一朵朵無牽掛的心。
「那好，我可以請假陪你一起去。」我說。
「不！不用！我一個人去就可以，你不用擔心！」她忽爾激動地說，聲音不受控制地拉高。
我和她如常地在似乎是屬於我倆的祕密花園約會，而她那日匆匆離開。八天了，我沒有她的消息。無知的我沒有預計過她會說謊，是我的錯嗎？偷愛是一種罪，犯上了，所有的痛苦也得自己一個人來承受，我是一個咎由自取的罪人。
「你們都是脆弱的怪人。」
姐的聲音忽然從門後傳過來，她的話打破了我紊亂的思路。
「戀愛是一件不容易的事，不是嗎？」
是哥！
我差點叫了出口，幸好乏力的我並沒氣喊出聲。他還在我的家幹嘛？我的姐不是正常的地球人，他還和她說話！我雙手合十，期望他會有好下場……

5.2

「這晚你留下來照顧他，我要回醫院工作。」姐的聲音傳進我的耳膜，親切卻又有點陌生，她的冷酷夾雜了一種複雜的情愫。

「有必要這樣逃避我嗎？」哥焦急地問。

「沒有。」她還是一如既往的冰冷，她是我在地球上最熟悉的女人。

「可以在我身邊多待一會兒嗎？」哥哀求著，我從沒聽過他這種缺乏信心的聲音。

「不。」姐回答道。

「你眞是一點兒都沒有變過，固執的女人！」哥說。

「你也是，頑固的男人。」

「這三十年來，我對你的愛從沒有變。」高傲的他又回來了。

「我知道。」

在我的房間外，又回復寂靜，從黑暗中，我感到哥的能量在他的體內晃動。

「但你也要知道，無論如何我都不會跟你回去。」姐說。

「爲甚麼？」

「十年前已跟你說得十分清楚，這裡是我的家，我不會離開。」

姐和哥既已認識，爲甚麼不早點告訴我？爲甚麼要隱瞞？爲甚麼哥可以瞞騙我，而身體沒有發出異樣？藍月王子可以說謊的嗎？爲甚麼在藍月時，聽到的說法不是這樣？到底有誰可以告訴我？到底哪個才是眞相？還有誰我可以相信？

「我不明白。」哥壓著嗓子低聲說。

「你不可以這麼自私，要我去那兒，便跟著你去，我可是全宇宙獨立的個體。」

聽到姐的話，我立刻苦笑了，的確，她比藍月王子還要獨立。

「你是我的眞愛，我才希望你和我一起回去。」哥說。

然後，我聽到衣物磨擦的聲響，我幻想著他們在熱情地擁吻。根據哥的性格，他大概不會理會姐的反抗，繼而強吻著她，可惜這僅屬我的幻想。接著，我聽到姐急步的離開，高跟鞋無情地敲打著木地板。過了片刻，哥輕輕的推開我的房門，我立刻把眼簾闔上，我知道高傲的他，絕不希望被我知道他要隱瞞的眞相，也許他有他的理由。

別人的戀愛，旁人不可能理解，也不應該妄下判斷，是嗎？

頃刻間，睡床邊泛起微震，我不忍地張開雙眼，哥蹲在地上，高大的他抱著膝，驕傲的王子變成一個迷茫的小孩。他的身體不斷震動，我盯著他努力的和地球人的軀殼戰鬥，他竭力地把藍月能量壓制在軀殼內，那麼地費勁。地板被他弄得隆隆作響，我躺在床上感受著這股力量的角力換來的地震。

他異常了解藍月能量和地球軀殼的排斥，三十年沒有結果的愛到底是怎麼樣的？十九歲時的我沒法想像，到了現在三十二歲，仍沒法理解哥這場無休止的愛，是苦或甜，還是已經抓住了一個屬於他和她的中和點。我望向放在書桌上的咖啡色筆記簿，我的戀愛也是充滿苦澀。

***

在床上待了三天，我把手機關了又開，不想從她口中得知眞相，但又很想念她，兩種情感矛盾地交纏。最後，她沒有打來，沒有來自她的留言，沒有來自她的未接來電。當我以爲結束的一刻，她出現了，像天使一樣的漂亮，只要望見她，我便知道，我還是很喜歡這個女孩。

「爲甚麼失蹤了？」她在我家的大廳審問著我，她穿了一條白色的連身長裙，米白色的皮帶繫在她的腰間，我想起她的另一個男朋友，兩個截然不同的地球人，竟然是情人。

「不需要原因。」我迴避了她一雙充斥怒氣的眼，轉身背向她，一步一步踱到後花園，她跟在我的背後，最後拉著我的衫袖，我倆就停在一堆枯萎了的玫瑰花前。

「最少告訴我理由，你這樣子太不負責任，我只是離開了幾天，你就像變了另一個人。」她厲聲道。

「你知道原因，我沒有必要說出來。」盯著她，我的心極痛，我想保護她的謊話，我知道錯的人是我，我不應偷愛，放過我，可以嗎？

「我不知道，你不說，我不會離開。」她沒放棄，而且心有不甘地纏繞著。

「你去了布達佩斯？」我問。

「是。」她果斷地回答。

「一個人去？」

「你失憶了嗎？」她的神情開始有些變動，不再堅定。

「我問完，你可以離開。」我說，並強忍著藍月能量在體內的翻騰，但耳珠還是不受控制的漸漸地泛起藍光。

微風飄過，揚起了她白色的裙，潔白的腿被風輕撫著，那日有點冷，但她一動也沒動，還緊緊的盯著我。

「我去了南非。」她說，雙眼還在閃閃發光，我又被它們攝了進去。

我閉上眼，不忍望著她。

「和他。」

我知道，心想。

「你還未和他分手，是嗎？」我強忍內心的悲傷，拋出一個不願知道答案的問題。

「沒有，一直都沒有分手。」她沉思片刻後道。

「為甚麼要欺騙我？這樣好玩嗎？」

「我沒有欺騙你！」她突然理直氣壯起來，「我只是瞞著你，有分別的，不是欺騙！」

聽到她的話，我的心臟痛得像被千萬條毒蛇盤纏著。

「我希望你明白我的情況，和他一起半年，他很了解我。雖然他對我有不好的地方，然而我知道他愛我，即使他是壞人，始終他是個我認識的人。而你呢？你對我來說，是個陌生人，你不是我的朋友，也算不上是同學，我們只是偶然在學校的花園認識。我曾全心全意地相信他，卻給他騙了，錯過一次，這次我不敢打賭。我可以相信你嗎？你說你喜歡我，我不願意相信。希望時間可以幫助我，解決這個問題。」她說。

「甚麼問題？」我問。

「選擇，我想我有權利選擇愛他，還是愛你。」她答道，然後放開了捉著我衣袖的手，步向玫瑰花前。

原來愛情是一場競賽，兩個男人被她放置在競技場，而懵不自知。到底這場比賽，是用甚麼條件決定輸贏？

「你已選擇了他，放棄了我。」

「還未。」

「是嗎？」

「我很愛你，你知道嗎？」

「你也愛他。」

「也許是怕失去你，我並不想把事情弄得這麼混亂。」她背向著我說。

「那你也怕失去他嗎？」

「不知道，我可以選擇，我也可以放棄。他說買了兩張機票，想我陪他，所以才跟他去。」

「選擇我，放棄他吧！」我步到她的背後，把她抱在我的懷內，她忽爾哭了，淚水直往我的手臂流。

其實，我們都沒有選擇的權利。

5.3

「啊！」我聲嘶力竭地慘叫。

「用熱水敷才會快一點消散瘀血。」老教授說，他拿著一塊白毛巾包著我的拳頭，它們紅紅紫紫的，極度難看。

「第一次拜訪你的家，卻偏偏要你照顧我，眞不好意思。」我坐在沙發上帶點羞愧地說。

「我第四次收到你的禮物，連一分錢都沒有給你，應該感到不好意思的，是我才對吧？」他說畢，便慢慢地走近門廊，把擱在鞋櫃旁的一幅畫拾起。

「又不是我的錢，我只是出了點主意，讓哥買下你太太的畫。我希望把屬於你的東西，歸還給你。」我說。

「知道我的太太爲何會這麼出名嗎？」老教授問。

「不知道。」我搖頭應道。

「我也不知道。」他說，我倆咯咯大笑。

「你今天好像精神多了，發生了甚麼開心事？」我問。

看著他把畫小心翼翼地掛在木牆上，便覺得哥花的錢，並不算甚麼，反正我們離開時，總帶不走甚麼。那幅畫不像之前標得的三幅畫般大，只有大概一部十九吋的電視屏幕。米白色的畫框裡，鑲著一幅珍貴的畫，那是老教授太太成名的畫作，畫風似一張朦朧的舊相片，朦朧的藍色月亮似眞也假，與現實緊緊相縫，暗暗地發出靛藍的光。這種奇妙的連繫，只有對具象世界有深刻觀察的人，方有能力抽離於兩者之間，把介乎兩個世界的感覺繪畫出來。

雖有人說，印象派畫家是有大近視，所以畫出這種朦朧的風格，開玩笑吧？看不清和看得很清楚，都分辨不出來嗎？那人一定智力有問題。其實看過她最早期的作品，自然會想起

Claude Monet 的印象派畫風，而和 Monet 有點不同，老教授的太太並沒有畫過睡蓮或日出，她早期的畫只有一個題材——《藍月》。她看得見只有屬於王子的女孩們，才能看得到藍色圓月，她是老教授的眞愛，千眞萬確。

「兒子的小說在德國贏得了國家文學獎。」老教授一邊掛畫，一邊喜上眉梢的說。

「是嗎？他眞了不起！」我被他的喜悅牽引，隨之笑了。

「這個兒子呢，蠻有理想，他希望透過寫作，改變世界。」他說。

「我都希望我能擁有這種天分，寫出一手能改變世人的好文章。只可惜我能寫的，僅是愛的故事。」說罷，我驀地合攏嘴唇，我是個沒用的王子嗎？

「愛是人類最根本的感情，能寫愛怎算可惜？你怎麼了，又錯愛了哪家的女孩呀？」他指著我的手，忽然認眞地問。

我毫無保留地把最近發生的事一一告之，由我愚昧地借電視節目中的女孩來補充能量，到在大學和她的邂逅，再聽到她所說的戀愛哲學，那套欺騙與隱瞞有別的理論，選擇與愛的看法等等。我在老教授面前，角色扮演了一次，他盯著我先是笑，然後臉色又退回大海般的深沉。

「兩份氫加一份氧，就成了水，她的話，你聽得懂嗎？」老教授問。

我聳聳肩膀，一手把放暖了的毛巾擱在頭上，雙手已被敷得通紅，瘀血在皮膚底下，呈現一片紫紅。

「你認識她的那一刻不是偶然。」他說。

「我知道。」

「水出現在我們面前，也不是偶然。」

我坐在沙發上緘口不語，兩眼發呆地盯著老教授，像個專注但笨拙的學生。

「外在的環境能引發不同的物質凝聚在一起，以水爲例，一份氫加一份氧，化不成水吧？兩份氫加一份氧呢？溫度變了，也不能成水。譬如說，溫度低過零度，水就成冰，溫度過高，水就化成蒸氣。」他往後退了幾步，然後又緩緩步向牆前，細心地把畫調整至水平線。

「這點我知道，這是地球的物理。」我應道，然後站起身，替他把畫掛好。

「愛情都是同一個道理，感覺來了，因時因事而生，偶然的、一瞬間的感覺，這不就是溫度對了，分子對了，水就成了的道理？似乎她一開始就知道，你們的相遇是一種緣分，只是她受過傷，不敢愛上你。」他望著我說。

「無論如何，我會證明給她看，我對她的愛是眞的。」

「你不怕她又騙你嗎？」

「我深信她是我命中註定的眞愛，我是她的唯一，選擇只因她害怕，保護自己不受傷害是本能，任何物種都有這個自我保護的機制。**給她一點時間，她一定會接受我。**」我字斟句酌地說。

「你也有這種自我保護的能力嗎？戀愛永遠不能分對錯，可惜眞愛只有一個，任務失敗的話，你或會賠上性命，不要太好勝，有些事情是勉強不來的。」

「才不是好勝。」

「那當你的身體和藍月能量抗衡時，不要傻得再揮拳擊牆，這樣壓抑體內的排斥很短暫。若你發現她再欺騙你，集中精神記著她的好，也許能幫你撐過去。」

「或許我會失敗，縱然如此，能和她相愛，我不會計較結果。」我堅定的說。

老教授默然走向冰箱，並揭開冰箱門，把一塊冰粒拋給我，我把它接在赤紅的手上。

「很燙！」我旋即喊道。

「水不只是水，它有灼傷你的本領。」他嚴肅地告誡著這個不怕死的小伙子。

***

那夜，我做了一個噩夢，我夢見自己滿身是藍血，躺臥在羅馬鬥獸場的沙地上，風席捲起遍地金黃色的沙，我看見遠處有兩個人在說笑。風突然停止，一道白光投射在他們身上，是動物主持和那個極醜陋的男人，他們竟在親密地談笑，完全無視我的存在，彷彿我正處於他們視線的盲點，妒火在我的咽喉燒得火熱，我發狂地大叫。終於，她看見我。她悄悄然地走過來，一手把我的心臟挖出，然後緊握著那顆跳動的心，寶藍色的血在她的指縫間滲落到沙地上，把黃沙染藍。烈日往沙地照，閃閃發亮的藍光，化成藍月星球的雪晶花瑙懊絲。

當我醒來時，已是零晨三時四十五分，滿身是汗，我的心臟還跳動著。那刻，我想念她想得更頭昏腦脹，夢見她和瑙懊絲，這不正好代表她就是我的眞愛？這次不可能錯，她就是我的眞愛，我重複唸道。我決定把性命押在這場競賽上，來換取她的一切，最後，我想到一個最佳的方法，使她選擇我。

5.4

我沒有用武力以死相拼，沒有買兇殺人，當然也沒有非法禁錮她，我的方法只有一個：了解她。

我所做的每一件事情，均用她的方法思考，站在她的立場上想，我細心地聆聽她的每句話，感受她的感受，想她的所想，然後全心全意地待她好。我撕開自己的主觀，仔細的觀察，把發現的事，詳盡地記錄在我的筆記簿上。漸漸地，我知道她的喜好，她喜歡的食物，喜歡的顏色，喜歡的動物，喜歡的地方，能觸動她的，甚至她不喜歡的一切，我已全然掌握。

半年後，我能準確地觸摸她的脾性，爲她準備的禮物，安排的驚喜，甚至說的話，做的事，都令她稱心滿意。慢慢地，我知道她喜歡甚麼，就像知道自己喜歡甚麼一樣，我不用再多費思量，便能夠和她和諧共處。

我洞悉到我的身和心，都因爲她而有所改變。我不只是我，我也是她。她由神祕的女孩，緩化成我思海裡的水。她喜歡我的存在，遠超出她的想像，地球人是需要被認同的生物，他們盼望和一個了解自己的人一起，更奢望得到那人的認同和欣賞，所以在這個競賽上，我得到了歷史性的勝利。

是的，和她相愛的每一秒都是歷史，你應該明白她在我心中的重要性，即使她已成過去，然而和她一起的時光永遠烙在心中，你看見的這幅記憶殘像，就是這些年間，我怎也揮不去的記憶。

***

「你知道嗎？從來沒有人像你這樣愛我，朋友都說你愛我愛得有點瘋狂。」她說。

我和她躺在綠油油的草地上，陽光溫煦地灑向我倆，她躺在我的臂彎，像個純潔無瑕的小女孩。

「那你也覺得我是個瘋子嗎？」我赫然問道。

「不知道。」她搖著頭說，柔軟的長髮在我的手臂蠕動，使我感到一陣陣搔癢。

「我也從未如此愛過一個人，你是第一個，你是我見過的地球女性中，最漂亮的一個。」我撫摸著她的秀髮輕聲地說。

新的學期開始了，我倆在第一個星期並沒有回校，反而在我的精心安排下，飛到瑞士。能摟抱著自己深愛的人，和她一起躺臥在鐵力士山的山腰，看著藍天白雲，聽著不遠處飄來掛在牛項上的鐵鈴聲，暫時逃離現實一星期似乎是物超所值的事，年輕時的我如是想。

「知道了，知道了，從來沒人像你這樣讚美我。」她突然有點失落的說。

「他們不懂欣賞罷，我對我的眼光充滿信心。」我回應道。

「是嗎？」

「當然，我覺得河馬是全地球最漂亮的動物。」我說笑道。

「甚麼？」說罷，她氣得作勢打我。

我立刻把手臂抽出，將軀殼敏捷地一轉，她還來不及反應，我整個軀體已籠罩著她，遮擋著柔陽，她彷彿乍見日全蝕般露出愕然之色。我的胸膛貼近她豐滿的乳房，兩件透白的襯衣互相磨擦，我溫柔有加地輕撫她柔軟的小腹。溫暖的感覺並沒使我產生任何生理反應，畢竟我沒把她當成一個性伴侶，她是我深愛的人，愛一個人就是可以這樣單純。

「你知道嗎？這是我過得最特別的生日，謝謝你。」她雙眼閃著彩光說，在她的眸子裡竟可以清晰地見到我的影像。

「你又知道嗎？你是我見過最特別的人。」我說，又仔細打量著在她雙眼裡的我。

「爲甚麼？」

「剛才在山下看見這些牛，你可以一口氣跑到這裡，和牠們玩了一小時還不厭倦，更開心得像個小女孩，大叫牛呀！牛鈴呀！大概沒有地球的女孩會像你這樣。」

「是牛牛！」她糾正道。

我知道她喜歡大自然，我知道她喜歡動物，我還知道她喜歡我剛剛送給的二十一份禮物。能看著她的笑容，我願意付上任何代價，把天上的月亮摘下來送給她，作爲第二十二份生日禮物。

「二十二歲的小女孩，祝你生日快樂。」月亮雖是我無法摘下來的，畫出來則可以，我從褲袋裡掏出一本手掌般大的小禮物遞給她說。

「還有禮物？你眞是個瘋子。」她接過最後的一份驚喜說。

「希望你喜歡。」

她把銀白色的花紙小心翼翼地解開，一本小小的漫畫書便呈現在她面前，第一頁，第二頁，甚至翻到最後一頁，她凝眸細閱每一頁，然後徐徐把三十多頁的小漫畫書合上。

「你是傻的嗎？」她問，雙眼忽然泛起淚光。

「或許。」

「畫了多久？」

「忘了。」

「我有這麼值得你待我好嗎？」

「絕對有。」我說。

爲了她的生日，我花上許多個晝夜畫了那本漫畫書，我知道她不太愛看文字，所以用漫畫的方式，記錄著我和她的開始，發生過的愉快事，我爲她而作的詩句，還有我對她的承諾等等。

「我不需要你的禮物，更不要你把月亮摘下來給我。」她說。

她把小書翻到最後一頁，指著我畫的四格漫畫，在畫裡的我用麻繩使勁地把月亮摘下，在畫裡的她站在我身旁嬌聲打氣。

「不喜歡嗎？」我憂心的問，我的畫工著實粗糙，她不喜歡也合情合理。

「不。」她默然閉上眼，一顆淚水由她的臉龐滑下。

「你不喜歡的話，撕掉它就好了。」我耳語般地輕聲說。

「不是這樣，可以答應我一件事嗎？」她揚起臉，仰望著我問。

「說，我有甚麼可以爲你做的？」

「不要對別人好，永遠只對我一個好，可以嗎？」

「絕對可以，這是你不用說，我都會做的事。」

「我也有一份禮物給你。」她忽然流露出一絲絲鬼馬的神情。

「這不是我的生日，竟然有禮物給我？」我迎合著她，以調皮的聲線說。

「你先閉上眼。」她命令道。

「甚麼？」

「快。」

「好，都依你的。」我閉上雙眼，視線便只剩下陽光滲進眼簾的一片紅，接著，便聽到清脆的鈴聲，然後一陣金屬似的冰涼快感熨在我的胸口，再降臨在我的頸項。

「可以張開眼睛了。」她說。

我盯著掛在頸項的淺粉紅色的小吊嘴，立刻捧腹大笑。

「從今以後，你就是我最愛的牛牛。」她說道，然後微微一笑，大大的眼睛合成一道長長的線，彷如彎月。

「原來剛才你在遊客專門店，神神祕祕地買下的東西，就是這條牛鈴。」我說。

「這是特別版，粉紅色的，好可愛。」

我盯著她的臉，沒法移動視線，赫然發現被感動得沒法說話。她久久凝視著發呆的我，然後稍稍踮起腳尖，把她的嘴唇深深地貼在我的嘴上，我把她緊緊地抱入懷內，她的體香又一次包圍我的世界。她的胸脯溫暖地壓向我的胸膛，她的唇由我的臉，一直往我的頸項親吻，那條粉紅色的小牛鈴被她弄得叮叮鈴鈴地響。當我以為體內的熱流會如常地沸騰時，怎料此刻，一股熟悉的冰冷卻洶湧而至，我知道最不能發生的事即將爆發。

Chapter 6

6.1

「這是甚麼？」她怔怔注視著我的耳垂，然後稍微靠近那副僵硬了的軀殼，我的耳珠閃著藍色的光，她惶惶然地捉著我的耳珠。

「沒甚麼。」我別過頭說。

「你的身體怎麼了？冷得像冰？」

還來不及反應，熟悉的力量又來了，它把我扯離了草地，爲了不致跌倒，我順著拉力的方向急步的走。

「你要去哪？」她高亢著嗓子說，像跌進了難以理解的困窘。

不能說謊，不懂解釋，這是無法擺脫的宿命。我沒回應她，只管急步的走，她死命地跟隨，看著深愛的女孩如此惶惑，我忍不住緊緊捉著她的手。

就當這是試煉她對我的愛，她需要知道我的身分。

「你不是地球人？」她猶疑地問道。

「早跟你說過，我沒有欺騙你，只是你不相信。」我說，她會被嚇得離我而去吧？

「現在相信了，你是甚麼人？」她稍定過神後問。

「藍月王子。」

「你是來征服地球的嗎？」看著惶恐的她，我的心碎了。

「不，我來這星球是爲了找尋眞愛。」聽起來，一問一答都是一個笑話，但在那一刻誰都笑不出來。

我倆由翠綠的山腰，扭過一條清澈見底的河澗，再穿過茂密的森林，最後爬到鐵力士山的其中一個山峰。在布滿白雪的山峰上，在我意料之內地站滿了人，然而他們和我一樣，全都不是地球人。

「這是你準備的驚喜？」她喘著氣問，然後觀賞著眼前魁梧英偉的數十名外籍男人，他們都衣著得體，神態自若地在雪山上，圍了一個圓形的人牆。

「算是驚喜，不過不是我準備的。」我無奈地說，她會離我而去嗎？

我的耳珠忽然發出更耀目的藍光，在場的藍月王子和我一樣。

「是煙花嗎？」她好奇地拉著我走到人牆的中央，那裡有兩團白光徐緩上升。

「不，這不是煙花，是他們。」一位比哥還要高大得多的藍月王子指著地面說，我向他有禮地點了點頭。

躺在雪地上的是一位束著白金色長髮的藍月王子，在他身旁躺著一位年輕漂亮的紅髮女孩，他們大概二十來歲，看上去和當年的我年齡相當。我深愛的人一直握緊我的手，好奇地觀察著那異像。長髮王子正開始把他的能量，抽離借來的地球人軀殼，另一道光也從紅髮女孩的身體飄了出來，兩團光能旋即扭在一起，向大氣層火速衝過去，彷彿是一顆反地心吸力的流星。

當他們安然地離開地球之際，所有王子向著靛藍的天空，默念藍月星球的祝福語，然後便各自散去。動物主持和我由山峰踱步，返回剛才經過的森林，她一直神思恍惚，默然無語，我內心痛苦地期盼著她不要說分手之類的話，最後，她在小溪前停住腳步。

「藍月星球有森林嗎？」她低著頭問。

「沒有。」我害怕得雙手顫抖地回答，這是甚麼的分手開場白？

「很可惜呀，森林是動物的家，孕育著百萬種生命，也是一切魔法的來源。」她執起地上的一片淡黃的落葉說，森林的味道撲鼻，清新中夾雜著綠草和河水，還有花，還有動物和昆蟲的味道。

「甚麼？」我大惑不解的問她。

「你在這裡看到的一切，都是大自然力量的一部分，透過感受它們，你便能連繫大自然，森林會把你由地球帶到宇宙的其他星球。」

「你說甚麼？我聽不懂。」我說，她又把我弄得頭昏腦脹。

「其實，我是動物星球公主。」她赫然說道。

「不可能，我沒聽說過這個星球！」我激動地抗議著，幾隻小鳥從大樹上驚慌地飛向藍天。

「你可以是藍月王子，我怎麼不可以是公主呢？宇宙很大，這點我明白，所以你和我都是平凡的、正常的普通人。」她字斟句酌地說，然後唧唧地笑了一聲。

「正常？」

「正常，雖然你有時真的很傻。」她笑了笑道。

「真的？」我問，她笑著點點頭。

我微笑回應她的話，內心感到無限快慰，森林和惶恐的心終於可以再次回復安寧。

＊＊＊

往後的兩年半，在她全然不介意我是外星人的情況下，我們過著幸福的生活，我倆相繼畢業，也各自找到工作。我在母親其中一所公司當了個小小的實習律師，她則在動物星球全職工作，一有閒情，我便告假和她到世界各地探險，她找她的奇趣動物，我用我的筆記錄一切有關她的事，彷彿她是一頭最罕有的動物，我便是記錄她的動物學家，每當我打這個比喻，她便會使勁地打我一下。

遺憾地，這個幸福的畫面只描繪到我生活的一半。

「你真的幸福嗎？」有一天，哥問，我們如常地在Once In A Blue Moon把酒談天。

「我不知道，但我知道自己真的很喜歡她。」我遲疑片刻後說。

「你根本不信任她。」哥一矢中的地刺向我的死穴。

「這是我的問題，與她無關。」

酒吧的檯面放著一個卡其色的大信封，停屍在裡面的是私家偵探偷拍的相片，空中小姐曾經說過觸不到，則不存在的話，我銘記在心。當動物主持外出工作的時候，她的存在性自動被焚化，感覺就是由擁有到失去一般，她不屬於我，她不愛我，她不是我的女朋友。我的胡思亂想應運而生，我幻想她和那醜陋的男人在我看不見的地方約會。

因為沒法信任，我和她一起的兩年半間，不斷的做著同一個噩夢。她和那男人在鬥獸場出現，然後把我折磨到生不如死，即使她就在我的床上被我摟著入睡，我逃不出那個夢魘。結果一年前，我開始僱用了私家偵探，作二十四小時全天候的跟蹤，好讓我可以觸得到她的不存在性。

「你知道偷愛的結果了吧？」哥以責備的語氣問。

「我知道，痛苦讓我來受。」我握緊拳頭說。

「有必要嗎？」

「自從她和我一起後，開心了許多，這是因爲我。我爲她建築了一個幸福的堡壘，她在那裡頭活得快樂，我爲這感到滿足。」我說，繼而喝下杯中的烈酒。

「要是她知道自己的誠信，在你心中糜爛到這麼不堪入目的景地，她還會認爲自己幸福快樂嗎？你機械化地迎合她，這算是甚麼愛情？你連互相信任都做不到，你不可能把她帶回藍月星球。」哥冷靜地分析著。

的確，不信任對方的話，沒可能抱著她衝過大氣層。

「她是我的眞愛。」我幻想著宇宙另一邊的藍月星球，然後略一沉吟。

「不要傻，她根本看不見藍月，在這兩年多的時間裡，你沒發現她是錯的戀愛對象嗎？不要被她的美麗矇騙，不要自欺欺人。」他活像我的戀愛顧問般說。

我卻向著他的臉，揮了重重的一拳。我，活像一頭要保護愛人而喪失理性的野獸。

「你不是生我的氣。」哥反而更冷靜的說，幸好他敏捷地避開我的拳頭，然而我竟被自己的失控嚇得無法動彈。

「你需要專業意見，解除你的問題。」哥按住我的胳膊，把我送回椅上。

「你說我要看醫生嗎？」我定過神後問。

「是。」

「你不覺得這建議很荒謬？」我禁不住問。

「絕對異常。」

「王子要找心理醫生看病？我是來地球找真愛的王子，不是病人。」我說畢，忍不住輕歎一聲。

「你不是病人，你只是異類中的異類。」哥又輕拍我的頭，像一個受行爲主義支配的無意識動作。

接著他又瀟灑地走到舞池，和一群嬌艷的女人熱情跳舞。我留在吧檯和其他王子閒聊，直到晨光初露，哥如往常一樣，帶著幾位漂亮卻平庸的女人離開 Once In A Blue Moon。

「我會幫你安排。」哥說。我點了點頭，便抽身離開。

看專家有用嗎？我真心愛她，爲何無法放下那點疑心？思量片刻，也想多聽哥的意見，便又轉身往哥泊車的方向走去，卻竟望見他正打發那群女人，然後獨自跳上新買的黑色 Mercedes-Benz G55 AMG，他如閃電般的以光速離開。

那刻，我才恍然大悟，哥從來都沒有帶走過任何女性，不論是年輕的，還是成熟的，漂亮的，或是平庸的，她們都只是道具。

他並非依賴那些女性而得到生存所需的能量吧？他也是異類中的異類。

6.2

那日我想讓風洗滌紊亂的思緒，便問姐借來她的墨祿色 BMW Z4 敞篷跑車，我駕著她的車在大橋上迎著柔和的暖風而行，清晨陽光照常穿透雲朵，以耀目的光線刺進擋風玻璃。過了大約一小時，終於被我找到那座鬱鬱蔥蔥的山林，那山腳有一個黑色的指示牌，上面寫著「南山谷」三個金色的大字，一陣嚴肅的氣氛頓時凝固了身旁的微風。我把車小心翼翼地駛進山腳的那條小路，往山頂的方向駛去，一直沿著指示牌駛到位於山頂的大宅前，便把車停定。看了看門牌，核對無誤後，我深呼吸了一下，便按下獅子狀的金色門鈴。

大宅的黑色金邊鐵閘徐徐開啓，有兩個中年的女傭人出現在鐵閘後，並指示著泊車的位置。當我把車泊好後，她們已站在一道深黑色的大門前，一左一右地似乎頗費勁的推開大門，再示意我進去。盯著緩緩打開的門，我的心臟卻跳動得異常快速。大門敞開後，有一位身材高挑的女人等待著我，她穿了一條深藍色的絲質連身長裙，我上下打量了她一眼，那條裙使她的肩膀寬度恰到好處，她身上並沒有任何飾物，長裙像一支畫筆一樣，貼貼服服地沿著她肩膀，一直輕描到她的小腿，把她苗條的身段完美地勾勒出來。

她輕輕一動，光線在絲質長裙上滑動得離奇順暢，當下便深諳它的價值不菲。當我還在打量她之際，她已舉止文雅地迎著我走來，那麼沉穩的步履，和我愛過的女孩截然不同。我的雙眼被她的一雙細而修長的鳳目吸引著，她的瞳孔異常深黑，而她的輪廓又偏偏如此淺薄。她的鼻子端正而細小，整體上，她像極一個中國古代水墨畫像中的大美人，衣著配搭的簡單卻又難掩她與生俱來的高貴。

眞的。

她，裡裡外外都散發著一種高貴不凡的氣質。盯著那樣的一個她，我可以肯定任何人都會認爲她自幼就在培訓淑女的名校讀書，而且成績一定是最出眾的一位。

「等你很久了，這裡很難找吧？」她溫柔地問，隨之莞爾一笑。

「對，沒料到你會在這麼偏僻的地方工作。」我輕蔑地回答她，心裡卻對她的聲線起了一份好奇，沒想到那般高貴的她，會是一個擁有溫柔聲線的女人。

「我喜歡僻靜，我的病人也是，他們在城中都有點名望，所以來這裡看病的話，他們會感到較爲安心。」她一臉嫻雅的輕聲回應。

「似乎來看病的人都是城中名流。」我帶點高傲的語調說道。

對著她，我竭力地表現尊重，可惜對心理學那回事兒，還是不敢苟同。然而爲了在找到眞愛前，能好好的保護地球軀殼，我才決定聽從哥的建議，紆尊降貴似地，毅然去找他強烈推介的心理醫生。

「你可以這樣說。」她一邊說，一邊把我引領到一個放滿書的房間，那間房的天花板很高，四面都是放滿書的巨型木櫃，由木地板直往天花板聳立著，我站在房間的中央，像一不小心便會被數以千計的書吞噬。

「這麼說來，心裡有病的人還眞不少，有錢的，有地位的，有名譽的，都自有它的煩惱罷，當地球人眞是痛苦。」我想了想，便故作灑脫地說。

「煩惱是我們構想出來的，你說是嗎？要喝點甚麼？」她問，隨之打開了一個深啡色的小木門，一陣冰冷的氣體從櫃中往四面八方逃出來，裡面藏著一個僅可放小量飲料的袖珍冰箱。

「不，水就可以。」我說，然後她把小木門輕輕關上，她的手十分纖細，像輕輕一碰便會被折斷那般。

「那咖啡呢？」她說畢，又悠然走到另一個櫃前，櫃上放了一個銀白色的咖啡機和四隻純白色的陶瓷杯，杯上分別印著四個荷蘭的軍人，蠻衝動似的爲一隻公雞追逐起哄的圖像，有點滑稽。

「我說水就可以。」我不耐煩的說，想到咖啡，當中的苦澀忽然略過口中。

「可惜這房間裡，並沒有水。」她忽然一臉嚴肅的說。

「又是水，又是茶，我來這裡不是爲了喝水或喝茶！」我突然焦躁不安起來，是甚麼驅使我氣怒？我不能確定，就當那時的我眞的瘋癲了就是。

「那你來的目的是甚麼呢？」她還是那麼溫柔地問。

在記憶中她是我接觸過的地球人中，最溫柔體貼的一位，即使在被我折騰的那段時間，她還能保持溫文儒雅，她是個不折不扣的淑女。

「解除煩惱。」我不好意思地說，滿臉卻已被氣得脹紅紅。

「是那就好了，目標明確。來這裡的人都得先做一件事，我才可以開始診療。」她不慌不忙地解釋道。

「請說。」

「就是要信任我，你從一開始便不想來的吧？」她走到我的面前，長裙隨之飄蕩，十分好看。

「是。」

「可惜問題無法解決，對嗎？」

「對。」我的臉還是赤紅，然而那是因爲靦腆還是氣惱而紅的，分辨不了。

盯著她，我對看心理醫生的荒謬概念起了少許改變，我終於放下自尊，把困擾自己的事和盤托出。

「我有三年時間沒有好好的睡過一覺。」我說。

「看得出來。」

「爲甚麼？我不會像一隻熊貓吧？」我擔心地問。

「不，不像。」她笑了笑道。

「沒有人知道我睡不好的事，連女朋友都不知道。」我說。

的確，那時的我總算參透了動物主持所謂的**隱瞞與欺騙**的分別。總之當王子的，不說謊便不會死掉，像哥瞞著我和姐之間的關係一樣，只要不堆砌謊言，便可以把事實隱藏。

「你的體質看起來很虛弱，像你這年紀的男生不應該是這模樣。」她解釋道。

「是嗎？我每天都有做各種運動，大概不至於像你說的那麼難看？」

「不，看起來有點不對勁，細心看便會察覺。」

面對著她，我感到難以言喻的好感，她給我一種似曾相識的感覺。同時地，她好像很渴望進入我的思想，而更甚者是，我竟然可以順利地對她說出埋藏在心底的一些話，原來我還能信任地球人。

結果，我和她談了差不多一個小時，在那一小時裡，我鉅細無遺地把和動物主持之間的事交代了一遍，希望她從中可以找到醫治我的方法。她一直非常耐心地聽，我看得出她的耐心絕非是僞裝出來的那種。

「由於發現她第一次說謊，我便失去了相信她的能力。無論她是否已把所有網上聊天帳號、電子郵件帳號、網上日記等等的密碼交給我，或是已交代了所有她會做的事情及工作的行程等等，我都不相信她，只要她不在我的視線範圍，我便會幻想她又去了見那個男人。」我躺臥在深啡色的皮椅上說。

「從前和其他女孩戀愛，你都會這樣嗎？」她問道，然後她在桌上執起了一支黑色的鋼筆，在我印象中那是她第一個正式的問題。

「不，從來都沒有出現過這種狀況。」我還是舒適地躺著，然後閉起雙眼。

「爲甚麼？」

「我不會一開始便假設對方會說謊或欺瞞我，我比較喜歡簡單的戀愛關係。」

「猜疑很累人吧？」

「是，累透了，但她有不值得我信任的原因。」

「你說她值得你毫無保留地去愛，爲甚麼就不值得被信任？」

她一邊問，一邊在她的筆記簿上，純熟地寫了兩行字，我的雙眼還是輕輕閉著，卻聽得出鋼筆快速在紙上滑動的聲音。

「她欺騙我，不只一次。她喜歡見那個男人，原因我可以理解，可惜就沒能力原諒。」

「爲甚麼？」她接著問。

6.3

我旋即陷入一片苦思，到底我在自己的思海浮游了多久？我不知道，唯一我所知的是她一直耐心等待我開口，我卻一直緊緊地合攏雙唇。當我張開眼睛之際，視線已由天花板轉移到靠著窗邊的一排書櫃，從窗簾的黑色木紋看去，乍見年輪，那間大宅恍若是一棵百年老樹般聳立在山頂上。

「其實我也覺得猜疑很累人，不過總有人值得完全信任，你說是不是？」她問。

「是嗎？爲甚麼？」我黯然問道，聲線忽爾乾澀。

「在我的生命裡，有一個我能夠完全信任的人，他是我的爺爺。」她回應道。

「他有甚麼值得你信任的？」我問。

她巧妙轉移話題的技巧，給繃緊的對話氣氛打入一個有效的舒緩劑，也使我放輕鬆了一點。

「他是個成功的商人，但這不是我信任他的原因。他是一個忠誠和守信的人，在商場上如是，在家裡如是，他的品格高尚，我很尊敬他，他也是我最思念的人。」她微笑著說道，她的一雙鳳目微微一彎，便完全看不見她的眼珠，彷彿是她在刻意收起苦澀的思念。

「他走了？」對她忽然分享自己的私事，我感到十分訝異。

「對，在我畢業那年，他安詳地離開人間。」她說。

「你很想念他吧？在我的生命裡，也有兩個我很信任的人，假如他們離世，我真的不知道可以怎樣面對。」我回應道，心裡想著那兩個和我一樣失敗的王子，隨之笑了笑。

「他們是你的親人？」

「你可以這樣說，不過正確點說，他們比親人還重要，因爲他們是我的族人。」我糾正著說。

「族人？」

「你當是一個比喻罷，然而我知道無論是甚麼人，都不可能逃得過死亡。」我說，皮椅上散發的氣味忽爾往我的嗅覺奔馳，我幻想著甚麼動物的死亡，促使那張椅子能成爲一張貴氣十足的皮椅。

「你明白就好，所以你要好好珍惜身邊人。假如相愛，便不要再沉迷去幻想她還有沒有欺騙你，當她在你眼前，她就是你的，這不就是最珍貴的存有？」她思考了一會兒後說。

結果在那個書房般的房間，我們談了許多事。對人性的看法，對活著的感受，對生命的理解等。她是一個很有深度和智慧的人，我們甚至把戀愛當成一種藝術來談，最後看著斜陽西下，我才離開。

「我要吃藥嗎？」我畢恭畢敬地站在車旁問她。

「不用。」她說，天已黑，一陣涼風吹過，她不禁打顫。

她說。

「到底我得了甚麼名堂的精神病？」我直接了當地問。

「都沒有，戀愛是一種幸福的感覺，不是病。」

「希望你說得對。」我說，然後輕鬆地把玩著車匙。

「回家後，幻想她是你的妻子，將會伴你一生，想到甚麼模樣，下星期告訴我就可以。」

「是功課嗎?你快點進去吧，涼了。」我笑著說。

其實，不用多想，我老早就知道答案。

***

離開南山谷後，我又穿過那個山林，在山林間，我格外思念我的動物星球公主，便去找了她。吃過晚飯後，我在公園裡，和她說了當日看心理醫生的事。

「平白無事看心理醫生，你不覺得很奇怪嗎？」她皺起眉頭說。我倆牽著手，在城中的一個動植物公園踱步。

「最近心裡有點鬱鬱不安，怎樣睡都睡得不好，朋友建議我聽一聽專家的意見。」我辯解似地說，並低著頭，不想正視她。

「又是那個腦外科醫生的建議？」她說，她對哥的厭惡感絕對來得莫名其妙，她只見過哥一次，便非常不喜歡他。

「他的建議並非毫無道理，只看了一次，我已感到輕鬆了一點兒。」

「你真的不舒服嗎？」聽我那樣說，她立刻憂心忡忡的問。

「似乎是的。」我點著頭說。

「我也認識一些心理醫生，介紹他們給你，好嗎？」

「不用了，她是城中最出名的，很可靠。」我斷然拒絕著。

「我不太喜歡你見這個醫生，感覺怪怪的，卻說不出原因。」

那次，是我第一次拒絕她的要求。或許她說得對，女性的直覺真的很神奇，往後發生的事，的確全都在我料想之外奇怪地發生。

＊＊＊

往下來的幾個月，我根據心理醫生安排的時間，來到那間偏僻的山頂大宅，有時逗留一小時便離開，有時待到黃昏才結束，至於診療時間的長短，都是因應我對她提及的事情而定。對著她，我的神經便能全盤放鬆，有時我會分享自己的愛情煩惱，有時會談起我的工作，甚至會提及我的奇思怪想，總之就是無所不談。而她，無論我說甚麼，她都沒有給予意見或建議，也沒有確診，她只管認眞的聆聽，那做法反而使我更信任她。

結果，我把藍月王子的祕密，以半眞半假的方式，透露了一點點給她知道。

「你可以當我不是地球人。」我說，依舊躺臥在皮椅上。

「好。」她點頭答道，然而我不太喜歡這個前設。

「或許這樣說，你當我是一個女人好了。」我更正道。

爲甚麼當時我會那樣說，實在有點不可思議，現在回想起來，又眞的不無道理。結果說畢，我停頓了好一會兒，好像有些話要非常小心翼翼的被整理好才可以吐出來，她還是老樣子的耐心地等待我開口。

「現在我的愛人並不計較和我這個女人談戀愛，眞的，完完全全不計較。可惜若眼前有其他選擇，她會考慮和他們發展，她的做法和想法都合情合理，我十分理解。」我說，大概這個比喻較易被她消化。

「你是女人，爲甚麼她計較這點還要和你一起？」她聽到我的話，目光在我的身體上游動，雖然我不算是個十分魁梧的王子，然後從外表上分野，確實很難想像我是一個女人，結果她忍不住微微一笑，她的嘴角稍稍向上揚，那是我看過最含蓄的笑容。

「愛，我想是因爲我很愛她，她喜歡被愛，當然也很享受被我疼惜。而她也愛我，這點我可以確定。」我緊皺雙眉認眞地說。

「我明白，但兩情相悅的話，爲何她還要選擇其他人？你知道原因嗎？」

「總算是知道了，和她一起一年後才知道。她的家很窮，她的父親是巴士司機，能夠入讀貴族學校是因爲那個男人幫忙，她媽媽很喜歡那男人，尤其因爲他的父親是富民黨主席，有頭有臉的大戶子弟，連我媽都要巴結他們。至於那男人的背景，我在一個慈善晚會上，母親再次介紹他給我認識，我才認得他，爲了不讓母親添痲煩，我最後決定不殺死他。」我淡然地說。

「甚麼？」她驚訝地問，手裡的荷蘭陶瓷咖啡杯差點被打翻。

「說笑而已。」我說。

她才恍然大悟地輕輕蓋上眼簾，又默然點點頭，好像很陶醉的樣子。

「你認爲她喜歡別人是因爲錢？」我倆默然無語了良久，最後她問道。

「不完全是這樣。結婚，找一個可靠、有財力的男人當丈夫，是她需要做的事。倘若和一個女人一起，說實話，哪個父母會接受？即使接受，也不會歡喜吧？她明白假如因爲愛而和我在一起的話，她終會傷害父母的心，因爲她不會和我結婚，反而會和我遠走高飛，即是說，她要離開她的父母。這種犧牲她清楚知道，你或許會問爲甚麼我們一定非走不可？這個我則不好解釋，情況就是這樣，你會理解嗎？」

「我可以想像。」她簡單應道。

「這就是她要找其他男人，我也得原諒她的原因。」我說，然後書房似的房間又陷入一片死靜。

「你還希望她是你的終生伴侶嗎？」她問。終於她打破了靜謐，也打破了我製造的戀愛幸福假象。

「有些事情沒有贊同或否決的空間。」我茫然若失地望著天花板說。

那日完成治療前，她執起一支紅酒，把我帶到位於大宅天臺的一個空中花園。我記得當日的落日餘暉，橙黃色的雲靄在空中混凝成一幅老教授太太的畫作，我把紅酒倒進兩隻水晶酒杯，她接過酒杯後，稍稍沾了一口，我往她兩片薄薄的嘴唇一瞥，閃閃發光。

「你說父母擔心女兒和一個女人談戀愛的比喻，我十分理解。」她說。

「是嗎？」

「我的父母都很疼我，他們都非常關心我的將來，所以我能夠明白，不過我不太清楚你這個比喻背後所指的是甚麼？」

「或許這個不是比喻，而是眞相？」我驀然反問。

「想不到你是個會說笑的人。」她定了定神後，笑嘻嘻的說。

「有些事實，不知道比較快樂，反正誰也改變不了。」我平靜地說。

我不敢再盯著她的臉，便往下俯瞰，山頂下的景物卻忽然間變得朦朧，彷彿不是人間。

「若果她眞的非常愛你，你是不是女人還重要嗎？」她問。

「不知道。」我淺笑一聲後回答，然後一口喝掉杯裡的紅酒。

「若果她是你的眞愛，她還會愛其他男人嗎？」她繼續問。

她把噩夢的源頭簡潔俐落地拔了出來，晃動著我一直堅持的信念。到底動物主持是不是我的眞愛？她把我由原先的感情煩惱，推進了一個萬劫不復的死亡漩渦。

6.4

或許是心理醫生敲破了我的夢，我對動物主持的愛日漸褪色，我每見她一次，愛戀的感覺便沖淡一點，從前只要望著她的臉龐，便著了魔似地甚麼都不計較，那時卻連見她的衝動都沒了。我知道自己還愛她，可惜愛的濃度已變淡。

「公司把我調派到首爾工作，大概有一段時間不能回來。」她站在她的家門外說。

「要去多久？」我旋即問道。

剛和她看完電影，也吃過晚飯，卻沒聽她提起工作上的事情，只知她連日來心神恍惚，在車上更不發一言，便知道她又在隱瞞甚麼。當她開口說出來時，我的心最先感到的是一陣安慰，試圖瞭解她的想法，更慶幸她最後選擇告訴我。但那是假話嗎？我對她的不信任又撲出來了。

「還未決定，公司說我的人氣升了不少，希望藉此替公司拍一輯關於亞洲的旅遊節目，韓國是第一站，若果受歡迎的話，便會繼續拍攝，這是難得的機會，我答應了，下星期便出發。」

「那好，我會抽時間來探你。」

「不！那樣不好！你應該專心發展你的事業，你不應該令你的母親失望！」她著緊地說。

「失望？我為她在幹自己不喜歡的工作，這已經是我在地球生活的最大妥協。我喜歡寫作多於在辦公室面對著無聊的文件，你知道我每天在做甚麼嗎？單調乏味地為公司撰寫解僱員工的合法條文！法律用在這方面絕對是偉大得不得了！」我忽爾激動地說。

我的話彷彿把她推進了深海，然後她浮浮沉沉似的，在我眼前的空間紋絲不動，眼睛卻像有一層朦朧的白紗覆蓋著，使她看起來好像在外太空漫遊一樣。

「我差點忘了你不是地球人。」她說。

「假若我是地球人，你便會留下來嗎？」

「那是兩回事，我喜歡我的工作，到不同國家探險是我的夢想，希望你可以明白。」她的目光又回復了彩色的光。記憶中，那是我最喜歡看見的目光，然而那光彩再也不屬於我。

因爲，她選擇了離開我，去追尋她的夢想。

說實在，我有足夠能力照顧她和她的家人，然而她堅持決定，我便沒有再爭論下去。心裡赫然略過楓葉的影像，韓國的楓葉會否不一樣？她和楓葉少女基本上是同一類型的地球女孩，她們都是天眞的、善良的，然而對愛卻又抱持著一種不認眞的、試著玩玩的心態。

心理醫生則截然不同，她是一個對愛情極度認眞的女人，即使她和她們的年齡相近，卻有著成熟的思想和誘人的女人味。動物主持不在我身邊的那段時期，我差不多每天下班後，都會駕車到心理醫生的山頂大宅，和她分享軼事。那是由於動物主持忙於工作，我見不到她致使情緒起伏不定，而驅使我看病，還是有別的原因，我則沒有多想。

日子久了，我任由心理醫生塡補動物主持的位置，變成我生活的一部分，她和我都理所當然地察覺到醫生和病人的界線漸趨模糊。

「這一年來，一直說我的事，還沒好好了解你。」我淡然而說，又喝了一口紅酒，酒是哥從智利買回來的，味道卻不無特別。或許是差不多半年沒見動物主持罷，生活都有點乏味，連味覺都被牽進一個無色無味的空洞。

「你已經知道很多關於我的事了。」

那是一個迷人的夜，我倆坐在空中花園裡，望著漫天星斗，藍月星球就在眼前，卻又相隔著多少個光年？

「理論上，我不會對別人說這麼多話。是緣分吧？彷彿和你有種心理靈通的感覺。」她說，然後坐在長椅上，誘人的小腿不經意地露了出來，我不好正視，隨之坐在她身旁。

「你是修心理學的，能知曉我所思所想，是必然的事，不是嗎？」我問。

「不，情況有點特殊，感覺上我們在某個空間裡，已連繫在一起。」

「或許你說的沒錯，我也有同樣的感覺，我很喜歡和你說話。說起來，只聽過你的家事，你有喜歡的人嗎？」我問，不知哪來的好奇，或許是酒精的原故罷。

「曾經有，他在東京，和他分手後便沒有再聯絡了，那是中學時代的事。」她答道。

「現在有喜歡的人？」我追著問她。

「在大學二年級的時候，我來到這個城市當交流生，生活了一年，修讀了不同的學科，其中一科，讓我認識了一個非常特別的男孩，說他特別都不知是否正確，或許是特殊比較恰當，他很與眾不同。」她思考了半天才回答我，然後定定地望了我一眼。

被她那樣一瞥，我的臉又變成一片赤紅。

「你還喜歡他？」我說，心裡有點羨慕那個被她愛著的男人。

「其實這是我回來的原因。」

「他是一個幸運兒。」

那夜，我才知道她是日本人，因爲愛上這城的一個男人，所以學曉這裡的語言，然後毅然離開家鄉在這城執業。她和所有藍月王子一樣，也是一個追尋**眞愛的勇者**。

「我相信愛上一個人是一種難能可貴的機緣，回來後，上天讓我再重遇他，他變了一點點，成熟了，憔悴了，但還是一副老樣子，整天就是在煩惱著甚麼大事似的。和他談話的時候，他的身體明明在眼前，卻忽然間不知道他的靈魂飄去哪裡了，我知道他的幻想世界一定很漂亮。」她萬般溫柔的說。

「他是甚麼人？」我好奇地問。

「對我來說，他是一個藝術家，一個我無法捉透的藝術家。他喜歡寫作，我很喜歡他寫的文章。」

「眞好，我也喜歡寫作，可惜要生活，不能如願。」我有點失意地低著頭說，當時聽著她的話，我對那男人的羨慕正式升級爲妒忌。

「其實，若果他不介意的話，他可以甚麼都不幹。我願意爲他工作，爲他做飯，爲他管理所有家務，兩個人一起生活，他只需要專心寫作，享受他的世界，把他的世界寫給我看就夠了。」她說畢，頭已經輕倚在我的肩膀上。

頃刻間，我感覺到我和她由思維上的連繫，轉化成肉體上的相連。

我默然無語，生怕說任何話都會導致更親密的接觸。

「若果他要求，我連所有男性朋友都可以不見。」她繼續說。

「眞的？爲甚麼？」我訝異地問她。那刻，我由衷地敬佩她對愛人如此忠誠的思想。

「怕他吃醋，怕他不喜歡，而且有了愛人的話，就不應該見別的男人。好像我媽媽那樣，她說她嫁給我父親後，便再沒有男性朋友，唯獨女性朋友還有繼續聯絡。」

「這眞是一個驚人的發現。你知道嗎？你絕對是一個不可多得的情人，他眞幸運。我以爲有這種想法的人並不存在，這是你家鄉的習俗？」我讚美著說道，心裡卻不明不白地有點不是味兒。

「可惜他不知道我的存在，他根本看不見我，打從一開始，他便無視我的存在。」她落寞地說。

驀然，一堆淚珠急速地往我的肩膀流，然後滲進了我的白襯衣。我看見了她脆弱的一面，也深深體會了當愛意無法得到回報的苦澀，我憐憫她的戀愛遭遇，更妒忌那個男人。

爲甚麼眞心眞意愛一個人，卻偏偏要受盡苦痛的煎熬？

在戀愛的世界，眞的需要這種災難性的折騰嗎？

我可不可以是那個男人？像他那樣得到一個女人眞心眞意的愛？

動物主持離我遠去，她選擇了愛自己多於愛我，她不是我的眞愛吧？

心理醫生會不會才是我一直要尋找的人？她的愛純潔無瑕，這是不是我需要的？

在混亂的思緒驅使下，我的頭往下微微一傾，我和她便吻了。

***

「在同一時間，可不可以愛上兩個人？」我問。

「傻瓜，那就不算是愛了。」你說。

Chapter 7

7.1

縱然只是輕輕一吻，在我的立場上和瘋狂地做愛，其實沒有多大分別。因爲我對自己的戀人不忠誠，這是我不應該犯上的罪。回家後，我沒有多想，便決定自首。我拿起電話致電身在首爾的動物主持，把發生的事如實告之。動物主持是我的戀人，縱然她經常欺騙我，然而我並不想欺騙她或是隱瞞她，一次都不想。這並不是因爲我不能說謊，而是我深信她作爲我的另一半，我必須對她坦率，不管她能否接受我犯的錯，我都不願意欺騙她。

透過冰冷的電話筒，我聽到她非常悲傷地哭泣，她如此痛苦的反應絕對在我意料之外。

「你經常憂心最後會愛上別人的是我，最後卻是你。」她哭著說。

「對不起。」我說。那一刻，我看見拿著電話的我正在被二十萬個**我**責罵著。

「你要我怎樣接受？」

「不知道。」

「我不是你最愛的人嗎？你忘了每天都說有多愛我，忘了嗎？」

「對不起。」那一秒，我心痛地握住電話，隨之以沉默來代替我的懺悔。

電話的另一端，沒有再傳出任何能夠被人類世界理解的語言，只有她的哭泣。我幻想她在公司提供的公寓，一個人孤獨地瑟縮在黑暗的牆角，辛苦工作了一整個月的她，獨自痛苦的面對著我帶給她的噩耗。

她是我最愛的人，不是嗎？我怎麼可能傷害她？

我整個晚上站在窗前，聽著她的哭泣，縱然無語，我和她都不欲掛線。我後悔自己所作的事，然而絲毫沒有後悔告訴她真相，第二天我便飛到首爾，向她面對面的道歉。我在那裡逗留了兩星期，每天都到她工作的地方等她，最後的一天，她終於打破了連日來的沉默。

「我知道你很了解我，我的心想甚麼通通都給你猜中。但你說的話，你寫的文字，我一點都不明白，我完全不了解你。她呢？你說她和你溝通得來，你知道嘛，我覺得自己很失敗，竟然輸給她。」動物主持盯住她的黑色高跟鞋低著頭說。

我和她站在首爾的清溪川旁，那是一個寒冷的夜，屬於韓國的十二月寒風吹拂著我倆。

那夜，色彩斑斕的燈光從清溪川兩旁，灑落在她的身上。她只披了一件黑色的大衣，剛好蓋過膝蓋的位置，穿的短裙薄得像絲，她顯得消瘦了，從前在她臉上的一點稚氣沒了。她的雙眼卻還是依舊地閃著光，她的眼睛和春天在清溪川上流過的水一樣的清澈見底，然而那夜的川水卻已化成一層薄薄的冰，冷得像她說話的語氣一樣。

在寒冬穿得如此單薄，我知道她在虐待自己。

我和她沿著清溪川漫無目的地踱步，她一直在我前面，我跟隨著她。看著她不時的停下來，輕輕地用腳踢川上的薄冰，我知道她是一個自愛的女孩，而且敏捷得像一頭小鹿，換成是別人，看見她的行為，或許會怕她跳進冰冷的水裡，我卻沒有。我瞭解這個女孩，瞭解得彷彿她是我身體的一部分，甚至已和我的藍月能量混為一體。

就在那一秒，我喜歡她的強烈感覺，像離家的浪人重新回訪。

「或許她只是一個很瞭解我的朋友。」我邊說邊刻意地靠前了一步，我的身體便少許的貼到她的背，我的體溫可以使她不再發抖嗎？

「你們不是朋友，朋友不會是這樣的。」她嚷叫道，彷彿是被壓了很久的皮球，突然在我面前爆破。

「或許你說得對，我犯了錯，這是事實。對不起。」我走到在她面前說。

她沒有回應。

「我信任她，結果情感上出了軌。我知道錯了，不奢望你能夠接受，但我希望你可以嘗試原諒我這個笨蛋，我很喜歡你。」我真誠地說。

她看著我，卻沒有開口說任何話。

「我很喜歡你，我一直都希望你是和我回藍月星球的人。」我重複說道。

「還喜歡？」她背著我說。

「很喜歡，很喜歡，很喜歡你。」我按著心口說，一寸閃爍的光從我的左眼驀地落下，滑落在雪地上，閃閃發光，漂亮得像一道星河。

那一瞬間，她轉身緩緩的走到我面前，把我抱得緊緊的。

***

你知道嘛？原來傷害了自己的戀人，最痛苦難受的是自己。

縱然沒有人認同我把真相告訴她，我卻沒有後悔選擇坦誠。要欺騙另一半，有可能嗎？只有不是眞心眞意地愛對方的人，才能說得出各種各樣的謊話。

幸好在這浩瀚的大宇宙上，有一個認同我這個做法的人。

***

「不應該欺騙。」老教授斬釘截鐵地說。

「我知道，哥卻罵我是豬，是蠢得可怕的豬。」我坐在沙發上低著頭說，自老教授退休後，要找他，便得去他的家。

「一般人都會這樣評價，你想和動物主持分手嗎？」他問。

「不，想都沒想過。」

「你想和那個醫生發展成情侶？」老教授問，他在廚房端出一個木盤，上面放了一個赤泥色的紙砂茶壺和兩個小小的茶杯。

「不。」我邊說邊上前替他把木盤放在飯桌上。

他施施然地安坐在椅上，那幾年老教授的步履明顯緩慢了，他的人卻還是一貫的豁達，而且充滿智慧。他把茶倒進小茶杯，然後遞給我，我接過後稍稍舔了一口。

「不苦罷？」他問。

「還可以。」

「這茶特意爲你買的，是中國西湖最出名的龍井。看你長這麼大了，怎麼還喝不到苦茶？」

「苦的東西，不喜歡。」我學他斬釘截鐵地說。

「好，你喜歡甜美的事，我懂。」他說，又點了幾下頭。

看著他全神貫注在他的茶杯上，我也學他那樣，凝神注視著桌上的茶杯，我用沒了一節小指頭的手指，沿著杯頂，順時鐘方向地磨擦著，杯中淡綠的龍井茶隨之泛起漣漪。

「當你和心理醫生越來越熟絡，你有沒有考慮過你女朋友的感受？」過了半天後他問道。

「沒有，假如想了，便不會弄出這種事。」我想了想後說，「聽到她的哭聲後，我才知道自己錯得有多徹底。她選擇工作，其實並不代表她不愛我，這是因爲她是一個獨立的個體。她並不從屬於我，不是我的財產，更加不是我的奴隸，所以她有權選擇自己喜歡作的事，甚至是自己喜歡的人。」

「絕對正確。你終於弄清楚這點了嗎？戀愛不在於能占有對方多少。」他回應道。

「知道了。這幾天還明白到，她雖然找那個男人，但我才是她的最愛，所以，她才願意一直待在我身邊。即使他或其他男人出現，只要我要求，她都會回來。其實，她打從一開始便選擇了我。」我說。

「我不能排除這個可能性。」他聽罷，忽然站起身子，把茶壺帶進廚房。

「只是我的猜疑心，使我和她的愛不能完全。」我後悔著說道，不禁猛地搖頭。

「要一片檸檬嗎？」老教授在廚房裡喊著。

「甚麼？」我略提高嗓門，大聲地問他。

「忽然想弄個龍井檸檬茶，要嚐嚐嗎？我買了幾個又大又黃的檸檬。」

「不，謝謝。」我應道。

「眞的不要嗎？這些檸檬可是與別不同的。昨天我拿著一個檸檬，嗅了嗅它，它的檸檬味眞是香得很。我便把它切開來，檸檬汁又鮮蹦活跳的向四面八方彈出來，結果我忍不住把一片檸檬放進嘴裡，我咬了一口，酸酸的，眞是酸得怪可憐，是新鮮的味道吧？」他還在廚房裡悠然地喊著。

還未待他說完，我口中的唾液出奇地洶湧出來，彷彿喝下檸檬汁的是我。那時他端了茶壺出來，卻沒有半片檸檬。

「人呢，不一定要親眼看見，才會信以爲眞實，你怎麼沒吃下檸檬都有這個反應？因爲你曾經吃過，腦部有了對它的感知，即使幻想一下，曾經發生過的生理反應，便自自然然地跳出來了。」他盯住把唾液嚥下的我說。

「你說得半點不錯，剛才我差點以爲自己的口裡多了片檸檬。」我說著，喉結又在頸項調皮地上下撥動了一下。

「明白這道理了嗎？」他說，然後安然地坐在我身旁。

「明白，不過這和我的事好像不相關。」

「眞的不相關嗎？她說了一次謊話，你便失去了信任她的心，不是嗎？你終日幻想她背著你幹一些不三不四的事，你的猜疑是自自然然地跳出來的生理反應。結果，你選擇相信她不斷欺騙你，而不相信她因爲愛你，而爲你做了甚麼事，甚至犧牲了多少。」

「我開始明白你想說甚麼。」

「這次犯錯的是你，要是她原諒你，決定繼續和你一起，她還可以毫不存疑地像往日般信任你嗎？」他問。

我無奈地趴在飯桌上，像一隻中了千枝箭的野豬，快斷氣地紋絲不動。

「其實，這樣並不壞。」老教授見我不作聲，便繼續說。

「不壞？」

「她們都不是你的眞愛。」

我別過臉，盯著牆的一方。

「一個你知道自己很愛，但並不信任；一個你信任，卻不愛她。某種程度上，你知道自己需要甚麼是一件好事，不過，現在你要怎樣處理？把她們放進攪拌器，再混凝成一個女人的靈魂給你抱著回藍月，好不好？」

「哈，那不錯，眞愛會這麼完美無瑕？」我不禁笑了一聲。

「這不是本質的問題，本質上她可以不是完美，而是在你的眼內，她會是一個完美無缺的人。」他說罷，便緩緩的走到客廳的掛畫前，盯著他太太的畫作，一動也不動的呆了一天。

7.2

我和動物主持和好了，卻並不如初。

自從那件事發生後，她便對我的通話記錄和短信產生了特殊的興趣，曾經有幾次被我偶爾發現她偷看我的手機，她更主動要求檢閱我的日記簿，結果最後我連所有的電郵帳號都一一被占領。她需要知道我的一切，她說，那是她瞭解我的方式。我沒有反抗，正如當初我要求她把行蹤及所有網上帳號告訴我時，她沒有反抗一樣，我們都知道這是給對方安心的唯一方法。

然而，使我憂心的並不是讓不讓她看，我並不關注當中涉及的私隱問題，因爲我一直相信兩個人決定在一起的話，並不應該隱瞞甚麼。坦白對我來說，是維繫一段感情的最好方法。那段時間，我擔心她的心理情況多於別的事情。因爲每逢她聽到「心理醫生」或是「心理」或是「醫生」時，都會瞬間變成一個瘋瘋癲癲的人，情緒會完全失控，也因此她生病了好幾次，但都沒有看過醫生。情形像患鼻敏感的地球人，一嗅到過敏原便立刻打噴嚏一樣，彷彿是最自然不過似的病態反應。最後，她罷買日本貨，任何在日本生產的東西，她都不用。

然而，我和心理醫生依舊的見面，好像只有那樣，我的心理才可以得到一個平均的據點。對於當時我的處理手法，我到了二十八歲那年才理解到老教授所說的眞理，遺憾的是年輕時的我竟然有點輕狂，以爲她和她可以並存在我的生命裡，那種狂妄使她們一併受到兩種不同類型，但程度或許是一樣深的傷害。不知道是爲了補償，還是甚麼原因，在動物主持二十五歲的生日，我決定送一間**小屋**給她。

小屋位置在一座小小的山谷上，不大，只有兩間睡房，一個浴室，客廳與飯廳相連著，挑選它，是因爲它有一個小小的陽臺，黃昏時坐在陽臺上，可以眺望到日落下沉至靛藍色的大海，一種平靜的感覺便由海岸線漫延至小屋，我希望她也可以感受那份平靜。爲了令她住得舒適，我更花盡心思布置。**可惜，她斷然拒絕接受那份禮物**。

那天以後，我再也沒見過她，也沒有她的消息。

她在我的世界裡，整個地消失了。

***

「爲甚麼見到那間小屋後，她旋即決定分手？」哥睜大雙眼，極度訝異地問。

「因爲一件童年往事，她說。」我無可奈何地回應道。

「我不明白。」哥一邊說，一邊脫去他的上衣，渾身健碩的肌肉破繭而出似的，若果有女性在場的話，一定又會引起一陣無聊的騷動。

「我也不明白。」我說罷，也脫掉了白襯衣，換上運動服。心情壞透的時候，其實不應該像別的王子那樣，去Once In A Blue Moon隨便找個女人來睡。我比較喜歡和哥到網球場上出一身熱烘烘的汗，這樣子似乎更有益處吧？我和哥在網球場上廝殺了兩個半小時，說得準確點是，他讓我全情地發洩了兩個半小時。最後，他累得不能再動彈，便喊著叫我停下來，我和他便旁若無人地躺在網球場上，身體的水分由毛孔排出，再慢慢地滲進橙泥色的地。

「甚麼往事驅使她要離開一個小富豪？她不是要錢的女人嗎？」哥喘著氣問，對於他感興趣的事，他會毫不留情的追問下去。這人的性格和其他臉上掛著鷹鼻的地球人一樣，總有種鍥而不捨的耐力。

「她還不至於是那種人。」我盯著蔚藍的天空說著，「若果她需要錢的話，並不會選擇我。從個人的財力而論，我並不富有，而且憑她的美貌和在地球的知名度，她可以選擇的富翁多的是。更何況她要錢的目的和別的女人不一樣，她是個孝順的女孩，她要錢都只是爲了改善父母的生活罷了。」

「好了，好了，這我知道。那她到底說了甚麼？你一字不缺的告訴我，讓我來替你分析分析。」哥說畢，我便地把動物主持說的話，從腦中的一角狠狠的抽了出來，讓它再次浮現在空氣中。

小時候我的大哥弄了一個小小的玻璃屋，裡面放了一點餅碎，玻璃屋的頂部打開了一道小小的門，勤快的螞蟻很快便找到玻璃屋，也發現了裡面的食物。螞蟻一隻一隻的爬了進去，然後，大哥把玻璃屋的門關上，螞蟻無處可逃，我和大哥便定時給牠們食物，牠們在屋裡建立了一個漂亮的蟻窩。我每天放學回家，最喜歡的便是觀察牠們，然而有一日，我回家時看見玻璃屋被灌滿了水。屋裡的螞蟻不再活生生地動，牠們在水中浮游，一點一點的黑色無生命體，把玻璃屋變成一個無情的停屍間。

你和大哥一樣，建立了美好的城堡後，一手狠狠地摧毀。

你在我心裡面一直都是個尊貴的王子，我喜歡你的性格，欣賞你的才華，甚至尊重你的所思所想，然而現在你已變成另一個人，你知道嘛？面對著你，我望到的是一個可怕的壞人。我不再信任你，我討厭這種感覺，十分討厭。雖然我知道如果離開你的話，這世上沒有人會再像你那樣深愛我，但那也不錯，因爲我知道再也沒有人有能力把我傷害得這麼深、這麼痛！

所以我必須離開你，在我還能夠掌握一點理智前，永永遠遠地離開你。

「她說得這樣清清楚楚，你還不明白嗎？」當我說罷，哥立刻問道。

「不明白，一點都想不透。」

「你的腦袋沒問題吧？」

「不明白，我不明白爲甚麼自己曾經這麼愛她，連性命都可以豁出去的愛她。只是三年時間，我便失去了那時瘋狂地愛她的能力，或許不是能力，而是那種感覺竟然可以這樣子流失在我不知不覺中。到底愛是怎麼樣來的？它又爲甚麼會溜走？我想不通。曾經花盡精力把她從另一個男人手中搶了過來，如今她離開了，消失了，我竟然沒有傷心的感覺，連哭都哭不出來。」

我不明白，一點都想不透，眞的。

***

「如果她對你忠誠，從來都沒有欺騙過你，你會愛上心理醫生嗎？」一把沉厚的聲音問。

對我來說，那種聲線十分陌生。

說話的那個男人彷彿很會玩弄身體所能發出的聲音，包括從喉嚨和聲帶震動所得的那種，而他更十分善長把每個音都調整到最恰當的聲調才說出來，化成一字一句，聽起來很具威嚴和說服力。

「在戀愛的世界，沒有『如果』這兩個字，人生也沒有。」老教授說。

「只是假設，你看他這副煩惱相，真叫人擔憂。」那男人回應。

「他經常都是這樣，你第一次見他，不明就裡。依我看，這個樣子應該起個標題，就叫它做『笨王子的戀愛失敗樣』。」老教授打趣地笑著說。

接著，那個男人和老教授在我面前，抱著對方大笑了數分鐘，不過那時的我並沒刻意去留意他們那副笑顏逐開的臉。

「如果她沒有欺騙過我，我根本不可能看心理醫生。」坐在餐椅上的我，失了魂似地喃喃自語。

「不過，可以這樣想嗎？我可不可以運用藍月能量光速飛行，回到我犯錯的那一分鐘，然後糾正過錯，從新愛她？」我目光呆滯的說。

「似乎不可能吧？我的能量不夠強大，鍛鍊一下呢？或許可以試試。」我繼續說。

「不過，可以這樣想嗎？現實是，我回不到從前，更去不到以後，我可以去哪？」我停頓了一會兒後接著說。

動物主持消失半年後，我還未能理解自身對愛情感覺忽爾流失的這個現象，便對尋找真愛的任務起了質疑，結果整個人變得惆悵茫然，失魂落魄。那男人站在我面前，使勁地拍打雙掌，「啪」的一聲巨響，我像從外太空返回地球般赫地盯著他。

「你好像很煩惱呢？」他說。

「一點點。」

「你有聽說過當愛上兩個女人，而又不能和她們發展下去的話，就應該乾乾脆脆地，找第三個女人來解決困局的說法嗎？」他問。

「沒有。」

「那你應該試試看。」

「已經有兩個女孩在我的心裡，要再多出現一個女孩的話，我一定會死掉。」

「哪有這種事？一個走了，一個不能愛，你還要苦惱甚麼呢？」

「經過這件事後，我瞭解到自己原來是一個會傷害女人的男人，而且是會傷害愛人的男人。我到底變成甚麼了？真是既可怕又可悲。我還是不談戀愛的好。」我悔不當初的說著，雙手抱著頭顱扭成一堆。

「你不要返回你的星球嗎？」那個男人關切地問道。

他，清楚知道我和老教授的身分。

「我的小說被改編成舞臺劇，下星期公演，而且由我親自執導，你有興趣來嗎？」他忽然轉換了話題的問，並從褲袋裡掏出兩張戲票。

「或許下次罷，我不想去太多人的地方。」

「和我去吧！不要管他！」老教授說畢，敏捷地搶過戲票，然後像獲得勝利般的咯咯大笑，那男人也隨即笑了，那日老教授像年輕了二十年。

「你們這對父子，眞像兩兄弟。」我忍不住說。

7.3

對於整套話劇的內容，我的印象並不深刻，基本上我所能理解的範圍實在有限。因爲教授兒子的政治理念，是我的認知能力無法觸及與理解的。從前在大學時因興趣修讀了西方文學，結果由於課程安排，我看過了莎士比亞的《暴風雨》，還有保羅·科埃略的《煉金術士》，它們便成了我唯一看過的話劇，我萬萬想不到自己會再次步進城中那座有二百年歷史的文化大樓。

「我要回大樓拿一件十分重要的文件給你，你待會兒跟我一起來罷。」教授兒子說。

那日他約我吃午飯，當我們在餐廳安坐後，他立刻說時間有限，要吃得快一點，最後我被他騙去大樓。當地球人眞好，可以隨便說謊。文化大樓裡早已堆滿了等待入場的觀眾，人頭化成一片黑色的大海，海上泛起巨浪般的聲響，當我覺得有點暈眩之際，老教授在大堂的人海中，非常得意地步出來。

「這位王子先生，賞臉陪我看話劇嗎？」老教授笑著說，一條又一條的皺紋，沿著他的眼角在他的臉上延展。

***

那日我盯住舞臺上的燈光，努力地嘗試瞭解話劇的內容。男主角以雄渾的聲線，揮灑自若地唸出劇本上預設的對白。我手托著腮子，所有觀眾都看得入神，我只感到百無聊賴。對於以舞臺來演繹現實，繼而對現實作出批評和譏諷的做法，我不懂認同，隨之確定自己和舞臺劇的不相容性。然而，在話劇開始的前十五分鐘，我的確抱持那種想法，但當女主角出場的那一刻，我對整個舞臺的理解便完全改觀。

她說了甚麼對白？

我同樣地一點印象都沒有，在我腦海中唯一得知的是她的**身體**。

我從來都不是一個好色的男人，對女性的身體也沒有特定的迷戀，由中學至大學時代，都聽過不少男性談及他們怎樣著迷於女性的胸脯，女性的纖腰，女性的長腿等等。他們總是邊說邊自我陶醉，或是自吹自捧自己一看到胸脯或是內褲後的森林，陽物旋即變得有多大，自己又多能夠滿足女人等等。

我卻沒有這種經驗，我未曾有過因女性某部位而激起的衝動。然而那刻發現了女主角後，真的不其然地起了一種莫名其妙的屬於最原始不過的**衝動**。她到底有多高，我不能肯定，她的樣貌我也看不清楚，由於她站在臺上，而我則在包廂上往下俯瞰，演員基本上只是一堆人影，那一刻，我只知道她控制身體的技巧，純熟得像她的靈魂在操縱著她體內的每一顆細胞。

那樣形容不夠好？大概留意到的觀眾都會覺得剛才的描述有點不夠傳神。

在我眼內所見的，根本就是她把自己的靈魂分拆在每一個細胞內，而不是一個靈魂的整合。盯著她一時輕快的跳舞，一時使勁地揮動雙手，配合著對白，配合著背景音樂，那一種拿捏節奏的準確度，普通的地球人根本做不到，甚至是職業演員，也未必能夠有她這種只能用天分來解釋的精湛技巧。結果，我想撲上去問她是怎樣做到這種景界，畢竟我活了二十七年，對於如何用藍月能量好好的操控這地球人的軀殼，還未能每分每秒的準確掌握，而她卻做到。

我用超音速搶了老教授手上的望遠鏡，接下來的便是我接近半小時的啞口無言。她漂亮得很，皮膚白裡滲出一片淡淡的粉紅。和動物主持相比，她的雙眼不算十分大，卻異常明亮有神，一雙小眼袋掛在她的眼睛下，顯得無比特別，鼻子不大不小的端端正正地掛在臉龐的中央。或許在劇中她演的是一個受傷的小婦人，她的嘴唇看上去是一片慘白的淡紅，卻更惹人憐愛。

「這話劇很吸引人吧？」老教授譏笑似地說。

「不是。」我無奈地回應。

「不是？你說我兒子的話劇編導得不好嗎？」

「不，沒這樣的事。」

「好了，不玩弄你這可憐蟲了。你被那兩個女孩子困擾了幾年，她們都不是你的眞愛，你還在執著些甚麼呢？」老教授耳語般的說，好讓我們的對話不打擾其他觀眾。

「我對不起她們，還能夠憑甚麼談戀愛？」我輕聲說，回憶起過去幾年間的事，便失落地把望遠鏡遞回給老教授。

「戀愛無分對與錯，感覺來了，事情就發生了。有多少年輕人可以把持住當下的感覺？只要處理手法做得好一點，便不會讓對方受傷害。若不，至少也可以減少傷痛的深度。更何況一個選擇消失，一個選擇不和你發展成情侶，你需要的是重新振作，好使你能快點完成任務。」他說。

我聽畢，實在想以無言來應對。

「這項任務是不可能被完成的罷？或是我根本不可能完成它？眞愛在哪裡？我不想再找，我很累了。」過了半天後我說。

眞的，戀愛使我身心俱疲。

「這樣也好，不愛也罷，你可以做和尚呀？一輩子都不回藍月吧！」

「你在捉弄我？」我無奈地問。

「不敢，大家都有選擇的權利，何況我像你一樣，還未完成任務。」

「但你已找到最愛的人，回去與否，有多大分別呢？」我說，他沒有回應，只執起望遠鏡看著臺上的女主角。

她站在臺上忽然唱起歌來，這是話劇，還是歌劇？爲甚麼教授兒子安排演員唱歌，心中暗自想道，卻忽然被她柔和的歌聲觸動了我的靈魂，一種不寒而慄的感覺油然而生。有這種可能性嗎？當她的嗓門略略提升，她的聲音便穿透了我的軀殼，直達我的靈魂。我整個人無法動彈，像凡人偶遇天使一樣，神性的、震撼的、難以置信地活現眼前，她以她的聲音，連接了我的藍月能量，我的耳垂忽然閃起藍光。

「還能有戀愛的感覺？」老教授擱下望遠鏡，瞟了發呆的我一眼後說。

我默然點頭。

「這樣未嘗不是一件好事。」他說。

「愛一個人的感覺沒有對錯之分，然而一段戀愛的關係卻有好壞之別，處理一段關係的手法也是，我不想再作任何壞的事。」我說。

＊＊＊

話劇結束後，老教授命令他的兒子介紹女主角給我認識，因爲心中有太多放不下的情感，便推諉了他的好意，並且在他們不留神下偷偷離開。

一個貪心的人可以逃到哪？

我像個逃犯，宇宙很大，我卻覺得自己無處可逃。

我完全無意識地在城中駕著車，當車停下來的時候，我發現自己已經在動物主持的家樓下，那是一棟三十層高的大廈，我由第一層往上數，一直數到第十三層。她住在那裡，屋內的環保燈泡散發著陣陣的微光，使窗外望起來像一個被漂白了的第三空間。我在那裡停泊了差不多一個小時，希望甚麼？我不知道。

她不再住在那裡，爲了逃避我，她拋下她最愛的父母，逃到一個我找不到她的世界。有些事情是無可挽回的，她眞的像被蒸發了的水一樣，消失在我的宇宙中。

＊＊＊

我呆呆地回憶著過去，最後鬱鬱不歡地在家裡待了一個星期，卻被我撞破了一件非常值得高興的事。

當地球人委實不賴，失落的時候總會被我遇上意外驚喜。在這裡大概有一種規律吧？喜隨悲而來，還是悲隨喜而至？這種平衡就正好像下雨天過後，必定會天晴似地安慰著所有失落的心靈。也好，或許下雨的時候，才是天晴。

「嫁給我吧，讓我永遠愛你，好嗎？」哥在我家的花園裡跪在地上說。

「你不是要返回藍月星球嗎？」姐異常關切地問他。

「我可以為你留在地球，只要你容許我繼續愛你。」他說。

姐溫柔地撫摸著哥的頭髮，跪在地上的哥看起來變像一個被母親關顧的小男孩，那刻姐的眼神卻變得非常脆弱，我乍見一顆淚珠快要從她的眼眶掉下來。

「嫁給我。」哥再輕聲的問，然後從褲袋裡掏出一隻用紙摺成的小戒指，白色的小戒指上布滿一點一點米黃色的色斑。

「還保存著它？」姐訝異地問。

我彷彿看見陳舊的小戒指變成一個投影器，把他和她的戀愛故事在花園的上空播放出來。三十年前，哥在幼兒園裡，用了一張小白紙，摺了一隻小小的戒指，那是他第一次向她求婚，那時他還穿著童裝尿片褲。

他們真心相愛了三十多年。

「嫁給我。」哥堅定地問她。姐輕閉雙眼，然後點點頭。

她輕輕地用手把淚珠抹去，好使它不能從臉龐滑下。

這一幕，我永記於心。

7.4

回家的路有多遠？有多少光年？還是短短的一小時？哪裡是家？

有些王子在追尋眞愛的旅途中，忘記了自己的任務是要把眞愛的靈魂帶會藍月星球，他們的家再也不是彼方，而是在腳跟下的地球，所有的眞實景物，榮華富貴，乃至戀人的體溫都使他們忘記了回家的路。

我呢？

卻從沒忘記，只是想放棄，放棄這個任務，甚至是放棄我的生命。

「我看起來很寂寞？」我靦腆地問。

「你看起來需要一點愛。」教授兒子說。

我們坐在一所高級的法國餐廳，等待著教授兒子的朋友，那段在我人生最低落的時期，教授兒子不斷的介紹女性朋友跟我認識，她們不是高貴漂亮的名演員，就是才貌雙全、多才多藝的年輕美女，那時的我卻拒絕談戀愛，即使和心理醫生還有見面，然而對話的深度已大不如前，我和她都知道不可以再發展下去，一切只是拖拉著，恰像被拖曳了很久很久的橡皮筋，沒了韌性，然而似斷卻未斷。

「這次介紹的朋友，我相信你會很喜歡。」他說。

「我不是吸血殭屍，藍月王子應有的能量我還有一點，我真的不需要再胡亂吸吮人類的愛來養活自己。」我沒精打采地說。

「人這回事，有時候需要一個生活的伴侶，一個戀人，才可以正常一點地存活。」他回應道。

「其實我現在的生活不錯，而且有沒有戀人，我都不能算入正常的範圍。」

「你這人！」

他的話未說畢，有兩個氣宇軒昂的男人牽著兩個女人步進餐廳。

「這裡！」他揮了揮手說：「這次可以了吧，王子殿下？她不是容易被約出來的女人。」

他壓著嗓門輕聲地告訴我，我定過神後向他點了下頭，然後又表現得一副非常正經的模樣，好使自己不要失禮於人前。

進來的兩個男人十分健碩，看來他們是那種每天都會花上最少一小時，在健身房鍛鍊肌肉的男人，他們比我高大一點，皮膚都曬了一片不自然的赤紅，另外的兩個女人也曬了一身嫩紅的膚色，可以猜出他們剛出海享受了不錯的陽光。其中一個皮膚較黑的女人向教授兒子拋了個眉眼，然後他拖著她的手，向我介紹她是他的另一半，我有點錯愕，卻還是目不轉睛地盯著另一個女人。

她，以聲音穿透我的軀殼，直達我靈魂的女人。

***

在法國餐廳用膳的時間大概三小時，他們三個男人不斷地高談闊論，從他們的談話得知那兩個男人是舞臺劇演員，除此之外他們還是一對戀人，而且三年前在荷蘭結婚，教授兒子是在他們盛大的婚禮上認識對方的，由於他們在舞臺的世界甚具知名度，所以婚禮基本上邀請了所有和舞臺世界有關的人。

我知道教授兒子的確花了不少心機把女演員約出來吃一頓飯，可惜那日我和她只是打了一個招呼，並沒有實質的對話，我對她是歡喜有加的，但和一個著名的女演員談戀愛，我卻沒有這種勇氣，她是那種平凡人無法高攀的女人，而我，在很大程度上是一個平凡人，所以我連開口和她談話的勇氣都沒有。

當夜晚飯後感到一陣怪裡怪氣的失落，便找哥去了 Once In A Blue Moon，怎料他早已在那裡，而且喝得爛醉。

「今早和你姐選了幾套婚紗，我呢？我對她說，我光著身子行婚禮就好，只要她漂漂亮亮的當我的新娘，我穿甚麼都不緊要。」哥結結巴巴的說，他的臉脹得通紅，看他喝得那麼厲害還是第一次。

「你要是光著身子舉行婚禮，我的媽一定要你不得好死。」我冷笑道。

「說甚麼鬼話，她不是她的媽，她也是我的媽，她媽媽是我媽媽。可怕！可怕！」他一邊胡亂的說，一邊使勁地拍打著桌面。

「看你醉成這樣子，說的話卻不無道理，她眞的很可怕，不過若非她那麼冷漠強悍，也不能在男性雄霸的商界，當個成功的女商人。」我點著頭說。

「醉甚麼醉？我在彩排！」哥突然一本正經地說。

「你在扮醉？」我沒好氣地問。

「若不好好練習，婚禮當日要是喝醉了就不太好嘛，我的家族加上你的家族，這個聯婚連首相都邀請到了，我以後的日子還要在地球過的，我不想我的生活有任何差池，我還要照顧你的姐呀，多小心的好。」哥又扮著一個醉漢地說。

「婚禮在一年後才舉行，你現在就開始彩排，眞是辛苦你了。」我奚落著他說。

結果，被他狠狠地打了一頓。

＊＊＊

往後的三個月，我不是幫忙哥和姐的婚禮準備，就是見女演員。

對她，我是充滿愛的感覺，第一次見到在舞臺上的她，她便使我不能自己，我喜歡看見她舞動身體，一舉手一投足，都散發出一種觸動我的電流，繼而使耳垂不停閃爍。似乎教授兒子發現了我身體的變化，因此特意爲我安排了不同的飯局，若有她出現的聚會，他都會邀請我一同出席，在兩三個月的時間裡，我差不多每星期都奇蹟似地見她兩、三次，我開始放膽地和她交談，然而無論我見過她多少次，或是交談過多少次，她都是如此高不可攀。

其實她對我的態度一直沒變，她非常善於交際，性格上是個友善而知情識趣又觀察入微的女人，一點大演員的架子都沒有。

有次我忍不住問她爲甚麼已經甚具名氣了，還那麼善待身邊的人，結果卻換來了一次無比痛苦的性愛。

「要工作機會自動找上門來的話，就必須這樣。」她回答道。

「是嗎？」

「我們的圈子有多小，你這幾個月來應該看到吧？要是我面對同行的人都擺出一副臭架子，很快便會在這個圈子消失。」她說。

「我不是你們圈裡的人，你卻對我這麼友善，是我走運了？」我問道。

「你是導演的好朋友，我怎會敢得罪你？」

「若果我是個毫無關係的人呢？」

「那就或許會有不同的待遇，我說的只是或許，畢竟這地球有多大呢？開罪人並不是明智之舉。」她說，盯著她漂亮得不像地球人的臉，眞想像不到她會有這種見地。

「對。」我若有所失地附和道。

「今天晚上我可以去你的家嗎？」她忽然放下酒杯，在我的耳邊溫柔萬分地問。

＊＊＊

那夜，我和她在一個國際電影節的首映禮上碰面，卻怎也料不到她會問那樣的一個問題，我怔怔地盯著她，美艷動人的一個女演員，我算得上甚麼？

我不再是十五歲時的小男孩，回家，不再是像空中小姐要我聽她的故事，我知道這問題的潛臺詞是甚麼。

「不可以？」她望著神思恍惚的我說。

我苦笑地搖了搖頭。

「你的心意，我知道的。這三個月來我很享受和你相處，即使你工作得有多累、多不快，只要可以見到我，你便會出來，我很欣賞你的誠意。」她真切地說，眼睛一時閃著無法觸摸的哀求。

「謝謝。」不知何故，我的腦袋變得極不靈光的只能吐出簡單的疊字。

「不要再想了，先載我回家，我要拿睡衣和明天穿的衣服。」她說罷，便牽著我的臂彎，離開了電影院的大堂。

在停車場上，她忽然拖著我的手，我便緊緊地捉著她，連手汗都冒了出來，我知道戀愛來了，縱然她還是如此高不可攀。

發展下去便是我和她的一夜情，一夜？其實我沒有數過到底和她有多少以性愛作結的晚上。

在我和她的第一夜，我怕母親和姐質問，便建議去酒店幹我和她想幹的事，怎料她拒絕了。

「酒店不好，六星級的大酒店或是小旅館都不好，我不喜歡。回你家可以嗎？」她在車上問，我沒有辦法，唯有點頭答應。

然後在我的睡房中，我和她在沒有愛撫下，先各自脫掉身上的所有衣物。月光暉影，我和她光著身子面對面地站著，那刻，我看見一個完美無瑕的軀體上，存在著的一個缺陷。

「你不介意吧？我應該先跟你說清楚。」她說。

「天生的？」我目不轉睛地盯著她的乳房，繼而難掩驚奇之色的問道。

「你猜呢？」她靠近我，然後對準我的耳垂說。

「想像不到怎麼樣的意外，使它變成這樣，是天生的吧？」我不禁問，眼睛還是怔怔注視著她右邊的乳房，乳房豐滿而且富有彈性，只是在那上面缺少了一顆乳頭。

她並沒有回答，卻忽然跪在地上，用她在舞臺上唱歌的嘴，吸吮著我的陽物。

「我不是地球人，你不要介意。」她忽然說。

「你是甚麼都不緊要。」享受著的我回應道，腦袋被那種舒服和興奮交織的感覺弄得一片迷糊，在那一刻並沒有把她的話當眞。

接著她在手袋裡掏出一個安全套，並純熟地替我帶上，我的根兒熱騰騰地在她的陰道翻騰，結果她要求我在她的體內射出沒有精子的液體，當然她絕對不知道我是一個不育的異星人。

「我喜歡沒有責任的愛慾。」她說。

往下來在她口中吐出的話是某某劇本的對白，還是她的眞心話，我不得而知，不過無論是眞是假，都一樣使我心寒。

「和我睡過的人都讚不絕口，說我的床上技巧很好，我十分享受做愛。不會嚇倒你吧？」她問。

我搖了下頭。

「我是天蠍座的，星座這種學問，你懂嗎？」她問。

「不。」我簡單地說，其實那刻的我，還沉醉在剛發生的那場激烈的愛上。

「還以爲你甚麼都懂。」她並不失望，也不是諷刺的說，喜歡她的原因或許就是這個罷，她在看透人情世故下，仍保持著優雅的坦誠。

「每顆星在不同的星球均會被譜上不同的故事，以地球爲例，我只知道星座多數是源自古希臘的神話。」

「我不是說這個，傻瓜。我想跟你說明白一點，我的性格是十分天蠍座的。」她解釋道。

「那是甚麼？」

「我只喜歡和不同的男人做愛，最好是認識卻不太熟稔的那種，尤其是有女朋友或是妻子的，我最喜歡和那些男人睡。」她說著，雙目發放著溫柔無比的光。

「爲甚麼？因爲想占有別人的東西？」

「絕對不是，你太不瞭解我，更不瞭解天蝎座的女人！我想說的是，那些男人像安全套一樣，有需要用，卻沒需要保存，用完更可以立刻棄掉。」

「爲甚麼要這樣？」

「我不想負責任，戀愛很麻煩，而且我沒時間談戀愛。」

「好，我大概明白了。」

「所以你不要以爲我和你發生了甚麼重要的事，更不要喜歡上我，眞的，千萬不要，我沒有傷害你的用意，你明白吧？」她問。

「或許明白。」

「不過，你有需要的時候，可以隨時找我，我再忙都會出來見你。」

「還以爲你不想再見我。」

「最近的性伴侶是個悶蛋，你卻很有趣，在每個體位上你都好像很會安排，是體貼嗎？還是說你很夠創意呢？」

「不知道……」

但我似乎愛上你了。

Chapter ∞

∞…1

那夜後，我駕車上了南山谷。那種結束雖然使人痛心，不過是一種解脫，對我和她也然。心理醫生對我來說，是個不可多得的好朋友和聆聽者，僅此而已，我和她不可以成為戀人。

久經思量，我決定告訴她有關我和女演員的事，聽罷，她立刻選擇退回普通朋友的界線。

那日，我知道在愛情的世界裡，我不再是一個好人。

「你真的不認得我嗎？」她突然問，迎著風，我的視線由遠處的海岸，轉投她身上。

「你這樣問，是在測試我的病況？」我冷冷的問。

「不，是真的在問你。你這個善忘的人，都忘了？」她又喝了一口酒，那日有點冷，冷得像沒有酒便不能說話一樣。

「我該認識你？」我反問她。

「你的手還好嗎？」她輕指我的手溫柔地問。

「還好，有心。」我發條似地無意識的回答。

「還不記得嗎?那時你也是這樣無意識似地回答我,你知道嘛?你就是這樣子完全看不見我,由始至終都是。」她歎息道,又輕輕的搖著頭,她的長髮便順著風,在空中起舞。

記起來了!是她!

我曾經被楓葉女孩傷透心,然後便擊牆來壓制藍月能量從體內漏出,雙拳都變得爛溶溶,在大學初期,我獨來獨往的像看不見人,其他人於我而言都是沒特徵的地球人,包括她,儘管她曾關切慰問我的傷勢,這樣想來,犯罪心理學課堂裡坐在我鄰座的交流生就是她。

「那時候我剛和初戀情人分手,所以沒有在意身邊的事,當然包括班上的同學。」我靦腆地說。

「不過,你過了不久便找到新女朋友。」

「你知道?」

「大學校院雖大,但從人際網路的層面看,卻是細得很,而且所有事情都真的像一個網,沒有人可以逃脫。」她說。

「你只來了這城一年,便掌握了學校的網路。」

「這種事情沒多難。」

「也對,你知道的一定比我多。」

「還用說,在你的世界似乎只有她。」

「對，我一直說的女朋友是她，這幾年來都和她一起。」我的臉變得通紅，但不知是尷尬還是因爲酒精的關係。

「我猜到，她是個很漂亮的女孩。」

「是。」我答道。

在她的書房裡，我們沉默了大半天。

「因爲我，你失去了一個 Lifelong Partner。這點我知道的，這一年來，我一直爲這件事內疚。」她開口說道，然後把窗關上。

「這是我的錯，與你無關。」我輕聲回應道，還以爲可以簡單的跟她做回朋友，不可能了，原來我對她的傷害，遠遠超出我的想像。

「若果沒有回來便好了，我竟然做出破壞你幸福的事。」她說。

盯著她，我充滿內疚，爲了停止對她的傷害，我收復心情，告訴她我和女主角之間的事。

「好了，我覺得你不應該再找我，我們還是不要再見面比較恰當。」聽畢，她忽然非常冷漠地說。

就在那一刻，另一個她在我生命裡整個地消失了，她消失的方法也是同樣的乾淨俐落，她的離開連帶南山谷整個的消失，她把它送給了一個基督教的團體，他們把它變成一個孤兒院。

這幾年來，我從她的同學口中探聽到她去了紐約工作，致於她是否獨身或是已嫁人卻不得而知，不過她的選擇大概是正確的。

***

默默地暗戀一個人那麼多年，到最後卻甚麼都得不到，這一種失去，大概是戀愛中最孤獨的一種。

***

因為兩個徹底的結束，我得以重新學習戀愛，我對女主角愛護有加，每次她找我，不管我在公司忙著，或是躲在甚麼地方寫作，我都會放下手頭上的事，以九秒九的速度出現在她跟前，或許帶一束花，或許是一些小禮物，只要能夠令她快樂，我不介意當一個快遞情人。而她擔演的每一場戲，我都不會錯過，我彷彿是一個頭號粉絲，而和粉絲有別的是，她每次演出後，都會跟我回家。

那樣子，過了半年，說起來委實奇怪，她在我家出現，竟然獲得母親和姐無聲的接受，她除了可以和我們共進早餐外，還可以在任何時間自由出入，而沒有遭到任何阻撓。也許她十分愛我，或是很喜歡我冰冷的家，她差不多在一星期裡有五至六個晚上，在我的床上入睡。面對著這個奇蹟，她不是我的眞愛還可以是甚麼？

當我沐浴在愛河之時，我的人生中最痛苦的一年卻剛剛降臨，那一年，我幾乎失去所有，包括我的命，死神眞的離我們很近，只是我們不願意承認和祂之間的距離。

「噯！又發呆？」哥揮著手說，我在人群中花了不少時間才找到他，那日他眞的非常英偉，簡直是全地球最有型的男人，至少在我的姐心中，他大概是這樣的吸引人。

「那敢發呆，今天可是你對全世界證明眞愛是眞的存在的大日子！對了，我在找你，姐那邊準備得差不多了。」我這個英明神武的伴郎剛從新娘房出來，對著哥一本正經的說。

「是嗎？」哥摩拳擦掌地說。

「緊張？」我問。

「很難不緊張，等了那麼多年，終於可以和她洞房了。」他面紅耳赤的說。

「甚麼？」我喊了出來，哥以光速掩住我的口，「你還是……？」我推開他的手後，耳語般說。

「不要小看你姐，她有她的堅持。」他說。

「對，對。」我偷笑著。

「你也不要小看我，我對她的愛也很堅！」他雙眼發著光的說。

「哥，你真是擅長給我驚喜。」我盯著他目瞪口呆的回應道。

「出人意表的事還不只這個。」他自豪地說。

「還有？」

爲了表示對姐的愛，哥買下這城近郊的一座列入保護文物的堡壘，他除了花費不少錢外，還花了很多人情和時間，才把它購下，更把它修建成他和姐的新居。我和哥由大廳一路走到一個有二十位廚師正忙著工作的大廚房，然後哥打開了一個比我還要高的大冰箱，一陣冰冷透光的白色空氣由冰箱中四面八方的湧出來。

「我的驚喜還不只這樣，你看！」他說。

「我的天呀！」

「你姐雖然冷若如這個冰箱，但只要見到美味的雪糕蛋糕，她就會變成可愛動人的小甜甜。」他笑逐顏開的說。

「你和我還眞是差不多罷，爲了自己喜歡的人，甚麼蠢事都做得出來。」我說道。

哥卻沒有反應，因爲他還在全神貫注地鑒賞著他爲姐特製的七呎高結婚蛋糕，若果可以給我選擇的話，我願意永遠和他留在那一刻，他眞的由心而發的笑了大半天。直到黃昏，婚禮正式開始後，一切都不一樣了。

8…2

在餐宴的大廳上，哥緊張萬分地合攏雙手，在場的所有人都察覺到這個世界級名醫的手在顫抖。赫然音樂開始奏起，大門徐緩敞開，爸牽著姐進場，接著便是一連串的公式，哥和姐交換了戒子，宣讀了誓詞，然後就是我第一次看見哥哭，大情大性的他哭了不足爲奇，而姐呢？依舊的冷若而漂亮得不太像一個地球人，最出奇的是我的媽，她流淚了，是因爲大女兒終於出嫁而感動落淚，還是要在眾賓客前賣弄溫情，就不得而知。

眼看鐵娘子哭了，我卻無動於衷。

與任何時候一樣，我喜歡靜觀身邊的一切，與別的日子不同的卻是，我的那隻沒了食指指頭的手牽著一個女人，也因爲這樣，許多賓客都向我投以妒嫉或訝異的目光。要面對無數記者和名流的當天，她卻毫無避嫌的牽著我，那是第一次，她落落大方的以行動表示了我擔任的角色，那日我們在堡壘的花園裡吸引了不少記者的追訪，那也是第一次，我被那些單鏡反光機的閃光燈弄得有點目眩。我清楚知道她出席屬於我家人的聚會，代表她已經肯定了我在她心中的位置，我望向她，心中快慰的想道，她就是我的眞愛。

「悶嗎？」我盯著她說。

「不，只是怕你的家人不喜歡我的出現。」她輕聲的說。

「絕不可能，他們都十分喜歡你，尤其是姐。所以說，他們不會介意記者的注意力落在你身上，以姐的性格，她應該會感謝你，因爲她反對讓記者來的，她不喜歡他們報導甚麼，只是媽認爲這是個可以爲公司帶來好消息的機會……」我還未說畢，姐又換了一件白色的婚紗從新娘房走了出來，看著她像一顆天上閃爍發光的星，難怪哥爲了她決定不回藍月星球。

「你的姐姐很漂亮。」女演員說。

「眞的？她和你有不少相似的地方。」我想了想後說。

「是甚麼？」她一點都不好奇地問。

「一樣的漂亮，一樣的成熟，一樣的才華洋溢，而且世故而不做作，似乎是我行我素的那種女人，卻又從不會得罪任何人。」我說。

「你是因爲我像你姐所以才愛上我的嗎？」她問道。

「才不。」我望向她笑了笑，然後被銀色發亮的叉子刺中的一條蘆筍，調皮的掉落在白色的碟子上，她看見我這個狼狽相，不禁竊笑一聲。

我在整個晚宴上只用了右手拿餐具，左手則一直牽著她，她也是，我倆像不能分開地連在一起。

是的，兩條寂寞的平衡線，成功地找到了相連的交點，我把它稱爲戀愛。

***

我和她沉醉在兩個人的空間，時光無聲的過去，哥在他意料之外的喝醉了，而且開始在宴廳裡胡亂的大笑大說，形態像一個中了彩票的失業漢，我心知不妙，便借機望了媽一眼，她給我狠狠的眼色，我便飛也似地，平淡而不動聲色地把哥帶離現場。

「好了，我們在外邊再喝。」在走廊上我對哥說。

「好！好！」哥酩酊大醉的喊道，姐和女演員從後以優雅而不著眼的姿態跟著來。

哥推開堡壘的大門後衝了出去，水在如籃球場般大的噴水池裡躍動著，賓客的汽車停泊在噴水池兩旁，在星空下，我甚麼都聽不到，只有池水潺潺作響，我想起年少時的我。從前如昨日，因爲空中小姐的離開，我在荷花池昏倒後的一夜，哥找到我，那次是我們在地球上的重遇，不易的，這麼多年間，我知道所有的相遇都不是偶然。

往後發生過許多事，我也遇上了許多人，愛過了，錯過了，我以爲眞愛並不存在，而哥卻一直爲了姐而堅持到這一刻，他以行動證明了眞愛的存在，他和她終於得到幸福，這是靠三十多年的努力而經營得來的幸福，不是偶然。爲了愛，一個王子放棄了他的任務，終於留在地球，看見他們如此相愛，我忽然感觸萬分。

「又發呆！」姐和女演員一起說。

「他呢？」姐問。

「不知道。」我定了定神回答道，池水依舊潺潺作響。

赫然間，跑車引擎吼叫的聲音擦破夜空，百鳥從圍著堡壘的橡樹上往黑幕飛，化成萬千漆黑如幽靈般的影。

「不好了！」姐說。

一輛黑色的保時捷以超過時速一百五十公里的速度衝往樹林，然後在瞬間加速。我以極速跳上我的那輛越野路華，姐和女演員都跳了上車，開啓引擎後，我不顧一切的追了上去。我奮力的追在哥的車後，在森林中我和他展開了一場狩獵戰，喝醉的哥駕駛著跑車，像一頭豹，豹的黑影與牠的咆哮在黑暗中交織，我只遙遙望著他的車尾燈，卻無法貼近，最後血紅色的燈在森林中消失無蹤，只剩下一陣陣使人心寒的哮叫。

忽然，一下比雷鳴還要強大的巨響在我們的前方傳出，我的心立即跳離了身軀似的，我感到軀殼裡有種奇異的離心力，我的雙手在抽搐。我集中精神的加快速度把車往前駛，卻發現哥的車似乎完好無缺的停在一顆橡樹前，然而車胎還在轉動，一縷煙慢慢的在車頭冒出。我推開車門走近他，車身的確奇蹟般毫無損毀，我再走近一點，車頭的玻璃被老樹露出地面的樹根插爆，我的眼睛影下出現了沒法遺忘的可怕一幕。

「停下！不要走過來！」我背對著姐大聲的喊叫。

姐卻沒有聽命，她跑了上去。

在車旁她看見她的丈夫定定的坐在車上，一動也不動。

她試圖把插在他丈夫頭顱的樹根推開，它不動。

她看見她的丈夫，她抱著他，他不動。

她的丈夫不像她認識的那個男人。

她手上的鮮血往他的身體流。

她和他的血混成一條小河。

她沒有哭。

他也沒有。

我卻哭了，大叫了，失聲了，人生的第一次歇斯底里。

8…3

當我們以爲他已經死亡時，一點一點的藍光由哥的軀殼滲出來，姐稍稍地退了一步，萬點藍光停在她面前，她攤開雙手，藍光便聚在一起，化成一顆寶石降落在她手中。

「發生甚麼事？」女演員擦著臉上的淚水問，然後走上前拖著沒了靈魂的我。

「他們不是地球人，是藍月王子。」姐冷淡的拋下一句。

她轉身走了上車。

她的雙手緊緊的握著他。

她知道手中的他才是眞正的他。

她一直都是那樣的愛著這個眞正的他。

她愛他，他也是。那是有沒有軀殼都不會變的，我稱它爲眞愛。

「你眞的不是地球人？」她問，她的手鬆開了，她的腳往後退了一步，又再退了幾步。

＊＊＊

一個熱熱鬧鬧的婚宴後，便是一個冷冷清清的喪禮。簡簡單單的安排，沒有多餘的人，沒有無謂的對白，當日只有姐，哥的父母，老教授和他的兒子，還有我和女演員。喪禮完成後，老教授和他的兒子分別攙扶著哥的父母離開，我知道老教授會有他的辦法安慰他們，姐說她要到醫院辦一些事，便一個人靜靜的走了。

哥的離世，奪去了姐的色彩，那麼徹底地。

她再也看不見色彩斑斕的世界，她在夜間再也不能接收到一般人眼睛所接收到的色譜，簡單點說，她的世界只剩下黑與白，或許還有灰色，因為光，總會有灰色罷。至於她的問題，地球的醫學根本無法解釋那是怎樣發生的，然而她因此喪失了當腦外科醫生的資格，結果每天都困在睡房，連步出房門一步都沒有，是我的錯，使姐飽受失去哥的痛苦，是我……

想著想著，我忽然想起兒時母親教我識別顏色的事，她執起一支綠色的木顏色筆，然後說道。

「這是綠筆。」她溫柔的說，並在白紙上隨便的畫了幾筆，「這是綠色，跟我說一次。」

「這是啡色。」我說，那年我只有三歲。

「那，這是甚麼顏色？」她眼睛轉動了一下，然後帶點憂心的神色執起一支啡色的筆說。

「或許是綠色。」我淡淡然的回應。

「這支呢？」她拿起一支紅色的木顏色筆說。

「紅色。」爲解她的憂心，我簡單的回應道。

「那這支呢？」她再執起剛才被扔在桌面的那支綠筆問我。

「是綠色，但是爲什麼不可以是啡色？」我問。

「我說是綠色，便是綠色！」她忽然嚴厲地說，她的雙眼睜得很大很大，在一瞬間，她變成了一個面目猙獰的人。

那日，她大概是對我很失望，又或是已經發現我不是地球人。

怎樣也好，我對她也很失望，因她無法解釋爲何那支顏色筆非要是綠色不可，我認得它叫綠色，我不說，不是氣她，而是爲何「非是這樣不可」的邏輯無法說服我，她卻無法解釋。從那天起，她不再教我任何事，我和她的關係便日漸疏離。

「你不要再發呆了，好嗎？」女演員以如冰般冷的聲線敲醒了回憶著過去的我。

我定過神望著她，在她的雙眼裡，我看見極度憔悴的我，是因爲我發呆，哥才出意外的吧？從那天起，我一直被內疚煎熬著，回家時看見姐把自己困在房中，而我卻甚麼都做不到，我非常心痛，是我破壞了他們的幸福，爲甚麼我老是回憶著過去？是我間接把他殺死的，是我……

我情願死的人是我，而不是哥。

心中突然的閃現這個念頭。

＊＊＊

「你眞的不是地球人？」她問我，我和她在海邊，迎著海浪聲的起伏，斜陽靡靡的把海染成一片的橙紅。

「對。」我說著，望著海，沒有勇氣面向她。

這是眞相，我不能改變，也不能騙她。

「這三個月來，我想了許多事，我認爲我們應該分開，希望你明白，我需要的是一個男人，一個眞眞正正的男人。」她說。

我鼓起勇氣面向她，卻沒法吐出任何話。

「對不起。」她說著，聽到她的坦白，我不能再控制這個軀殼。

「我可以抱你嗎？」我無力的說。

「可以，但我不能再愛你了，你明白嗎？」

她哭了，我們在海邊擁抱著，那是最後一次。

「我知道我不是一個眞的男人，但我愛你，這是千眞萬確的。」我流著淚說。

「我知道我是可以接受你的，若果我夠愛你的話，你就當我也不是地球人好嗎？我來地球是要找一個男人，不能變的定律。」

海和陽光都是她最喜歡的，可惜當她說完最後的對白後，陽光已徹底的逃離了我為她建築的舞臺。

「好了，就這樣結束吧。」她說著，並輕輕的推開緊抱著她的我。

「不好。」我說，身軀在不停的顫抖。

「或許我從來都沒有愛過你，我需要的是一個眞正的男人。」她說。

「那你爲甚麼待我那麼好？」我問她。

「你當我是在演戲好了，我知道女朋友的角色要怎樣演就是了。」她冷淡的說。

她的聲線依舊的富有觸動我每顆細胞的能力，可惜，那一種觸動不再爲我帶來任何歡樂的感覺。原來她和它，從來都不屬於我。

***

曾經有一個女人，她不愛我，卻教曉我戀愛的一點點眞相。

曾經有一個女孩，她愛我，但她的愛是由寂寞和好奇驅使的，她不愛我，因爲她不再好奇。

曾經有一個女孩，不介意我是從藍月來的人，她不介意我不是男人，而我，我卻介意她欺騙過我。

曾經有一個女孩，她很愛我，可惜，我沒法愛上她。

而面前的這個女人，到底有沒有愛過我？我不知道，在她哭泣的眼眸，我只看見我。

***

五日後，我探訪了老教授，最後一次。

到底他的兒子是誰的，我不知道，像爲甚麼我要生存一樣，一定有原因的，只是我不知道，我也不想知道，我只知道自己是一個傷害了動物主持和心理醫生的大混蛋，是殺死哥的凶手，是使姐傷心斷腸的罪人，而且更是一個沒有人願意愛的外星怪物。

和老教授道別後，我打開他的家門，再一步一步的走到他家大廈的頂樓，推開沉重的鐵門，一躍而下。

活，眞的很累。

愛，眞的很痛。

8…4

「我也以爲故事會在那刻完結，但並沒有。」我說，然後啜了一口熱巧克力。

「之後發生甚麼事了？」你問。

「我醒過來了，發現自己在醫院，姐替我動了一個長達二十七小時的手術，那是她最後一次進手術室。」我低著頭說，然後往街上望出去，炎夏，小孩們都裸著身在草地上跑。

「你姐不是在你媽的公司工作嗎？」

「唔，自從哥離開了他的軀體後，姐便甚麼色彩都看不見，所以沒可能再當醫生，她替我做的手術得到醫院特別批准，除了是我媽的緣由，當然跟那時我完全沒有生存的跡象有關，因此院長才特許她一試。」我說，眼看著無拘無束的小孩，剎是感動。

「是奇蹟嗎？」你問。

「這個世界哪有這麼多奇蹟，只不過是姐把哥的能量放入我的體內，加上哥的配合，我才得以活下來。」我想了想，然後把思緒整頓後如實的告訴你。

「是這樣，你是因爲活過來了，所以決定到肯亞來當義工的嗎？」你緊皺眉頭，一面認眞的問，然後在白色的筆記簿上快速的寫了幾行字。

瞬間一顆汗水從你的眉額角滑下，我不禁伸手溫柔的替你抹了一下，你不好意思的望了我一眼，嚇得我尷尬的半天不敢作聲。

「我還抱有希望。」我靦腆的說著，小孩還在天眞地嬉鬧著。

「請別怪我這樣問，但你眞的要我把你說的故事寫出來嗎？這是屬於你的一個追尋眞愛的眞實故事。」她問道，然後把筆記簿放在桌上，再關掉了錄音機。

「我自己寫不來，所以才老遠邀請你來幫我這個忙，我希望那些還在戀愛世界尋尋覓覓的人，能夠和我一樣抱有希望，不過我有一個請求。」

「請說。」

「可以把我的性別改一改嗎？看起來較爲吸引。」我一邊說，一邊假裝輕鬆的把玩著手中的巴黎鐵塔鎖匙扣。

「是考慮市場的需求嗎？」

「是，其餘的，你喜歡怎樣寫，便怎樣寫，我的故事是你的了。」

「謝謝。可以問你一條問題嗎？」

「甚麼？」

「你眞的是藍月王子？」你問道，又是這個問題，要回答的話，可要複雜了。

我回想著往昔，然後試圖以最簡潔的方式回答你。

「老教授曾經說過，很久很久以前，地球是一個沒有人類的美麗星球，我們這些藍月星人閒時會來地球玩玩，或許是太過多采多姿，有些藍月星人被吸引著而決定不回去，他們住下來，慢慢地變成你所看見的地球人；有些藍月星人知道地球的一切是一場不眞實的迷惑，他們選擇回去，這是不同人的選擇。到底藍月的人是如何進化成藍月王子的，這連老教授都不太清楚，似乎是一個詛咒，一個非要王子找到眞愛不可的詛咒。假如是這樣，我的眞愛一定存在，我會找到她的，她就在這裡，只是她和我還未到適合相遇的時候，觸不到，並不代表不存在，我相信就是了。」

「所以綠色就是綠色了。」她說。

「對，大抵是眞的有這種『非這樣不可』的定理。」

國家圖書館出版品預行編目資料

藍月王子：愛情哲理學初探／葉子亭著. --初版. --臺中市：白象文化事業有限公司，2023.09
面；　公分
ISBN 978-626-7253-95-3（平裝）

857.7　　112003827

藍月王子：愛情哲理學初探

作　　者　葉子亭
校　　對　葉子亭
發 行 人　張輝潭
出版發行　白象文化事業有限公司
412台中市大里區科技路1號8樓之2（台中軟體園區）
出版專線：（04）2496-5995　傳真：（04）2496-9901
401台中市東區和平街228巷44號（經銷部）
購書專線：（04）2220-8589　傳真：（04）2220-8505
專案主編　陳婕婷
出版編印　林榮威、陳逸儒、黃麗穎、水邊、陳媁婷、李婕
設計創意　張禮南、何佳諠
經紀企劃　張輝潭、徐錦淳
經銷推廣　李莉吟、莊博亞、劉育姍、林政泓
行銷宣傳　黃姿虹、沈若瑜
營運管理　林金郎、曾千熏
印　　刷　百通科技股份有限公司
初版一刷　2023年9月
定　　價　台幣370元／港元82元／人民幣73元